BBULMEDIA

http://www.bbulmedia.com

BBULMEDIA
http://www.bbulmedia.com

# 철혈백작
# 리카이엔

# 철혈백작 리카이엔

## 8

윤지겸 퓨전 판타지 소설

# Chapter 1.

# 준비에 필요한 시간

콰르르륵!

단번에 벽이 허물어졌다. 그리고 무너진 벽의 잔해 아래에 세 명의 복면인이 깔려 신음하고 있었다.

"이런 개새끼들!"

버럭 소리를 지르는 사람은 카이스였다. 그의 얼굴은 분노에 일그러져 사람의 형상이 아니었다. 너무 놀라는 바람에 눈동자가 탁 풀어져 버린 신부 아네스의 얼굴을 본 탓이다.

갑옷도 롱 소드도 쥐고 있지 않지만, 그의 몸에서 뿜어져 나오는 투기는 그 어떤 것보다 무시무시한 무기였다.

파팟!

가볍게 바닥을 끄는 소리와 함께 다섯 개의 그림자가 아네스와 카이스를 향해 덮쳐들었다.

"이것들이!"

버럭 소리를 지르는 순간, 카이스의 몸은 사나운 파도처럼 몰아쳤다.

퍼억!

한 번 뻗은 주먹에 달려오던 복면인 두 사람을 동시에 몰아 바닥으로 메다꽂아 버린다. 동시에 뒤에서 달려드는 세 복면의 얼굴에는 돌아보지도 않고 발을 뻗는다.

파바박!

다섯 사람이 순식간에 실 끊어진 연처럼 날아가 바닥에 처박힌다. 그때 카이스의 귓전을 때리는 외침.

"넌 빠져!"

황급히 고개를 돌려보니 리카이엔이 예식용으로 쓰는 긴 촛대를 들고 외치고 있었다. 그런 리카이엔의 손에 들린 촛대는 이미 피로 번들거렸다.

그리고 그림자 하나가 불쑥 카이스의 품으로 들어왔다.

"헉!"

깜짝 놀란 카이스가 황급히 물러나려다 말고 우뚝 멈춰섰다. 그림자의 정체는 도번 후작을 안고 있는 조엘이었다.

"노, 놀랐잖아!"

"모시고 가!"

조엘이 들쳐 안고 있던 도번 후작을 카이스에게 넘기고는 지체 없이 몸을 날렸다.

"이익!"

카이스가 쉬이 물러날 생각을 않고 그대로 싸울 자세를 취하자, 리카이엔이 한 번 더 버럭 소리를 질렀다.

"야, 이 곰 새끼야, 안 가냐?!"

"이것들을 그냥 두라고?!"

"이 멍청한 놈! 결혼식 날 손에 피를 묻혀야 되겠냐?!"

짧은 대화를 나누는 사이에도 리카이엔의 손에 들고 있는 촛대는 거센 바람을 끌어 안은 채 복면인들을 몰아치고 있었다.

"윽!"

리카이엔의 외침에 카이스가 저도 모르게 멈칫하며 멍하니 주저 앉아 있는 아네스의 얼굴을 보았다. 아직도 정신을 차리지 못하고 겁에 질린 얼굴로 앉아 있는 아네스의 모습을 보니, 그제야 자신이 해야 할 일이 무엇인지 떠올랐다.

와락 달려든 카이스가 아네스와 도번 후작을 양손에 끼어 안고는 그대로 몸을 날렸다.

"맡긴다!"

"맡겨!"

연회장 한 가득 두 사람의 목소리가 쩌렁쩌렁 울려 퍼진다. 그와 동시에 카이스가 몸을 날려 연회장 입구 쪽으로 달렸다. 몇 명의 복면인이 카이스의 앞을 막았지만, 어느새 달려온 조엘의 손에 그대로 바닥을 뒹굴었다.

카이스가 짧은 순간 조엘을 향해 고개를 끄덕이고는 그대로 연회장 밖으로 빠져나갔다. 동시에 조엘이 연회장 입구를 막고 섰다.

"크흐흐, 오늘 내 친구가 무지하게 기뻐해야 할 날이었거든! 나갈 놈들은 뒈진 후에!"

조엘이 음침한 미소를 흘리며 단 한 명도 연회장 밖으로 보내지 않겠다는 의지를 내보인다.

그러는 사이에도 리카이엔의 손은 쉬지 않고 있었다.

콰드드득!

거센 진각을 밟는 순간 리카이엔의 몸은 바람처럼 공간을 꿰뚫는다. 그리고 그 바람이 지나간 자리에는 순식간에 서너 명의 복면인이 바닥을 뒹굴었다.

그때였다.

"흡!"

갑자기 사방에서 마나가 휘몰아쳤다. 리카이엔도 익히 잘 알고 있는 느낌!

'술법!'

마법이 아니라 술법이었다. 똑같이 마나를 사용하지만 리카이엔은 그 둘의 차이를 명확히 구분할 수 있었다.

파바밧!

더 볼 것도 없이 그대로 몸을 띄워 올렸다. 동시에 리카이엔이 서 있던 자리에서 거대한 불꽃이 튀어 오르며 바닥에 커다란 구덩이가 움푹 파였다.

하지만 끝이 아니다. 허공에 떠 있는 리카이엔을 향해 세 줄기의 기운이 엄습했다. 두 줄기의 바람과 그 바람의 힘을 잔뜩 끌어안고 있는 새하얀 불꽃.

"크윽!"

리카이엔이 잔뜩 뒤틀린 미소를 짓는다.

동시에 허공에 뜬 상태 그대로 촛대를 앞으로 내밀더니 아주 느리게 회전시켰다. 그러는 사이에도 불꽃은 그 열기와 속도를 더하더니, 리카이엔을 그대로 새하얗게 태워 버릴 기세로 덮쳐 들었다.

그 순간 느리게 회전하던 촛대가 멈췄다. 정확하게 덮쳐드는 불꽃과 촛대의 끝이 맞부딪치는 그 순간.

"컥!"

"아니!"

경악에 찬 외침이 터져 나왔다.

리카이엔을 덮쳐 들던 불꽃이 회전하는 촛대 끝에 매달린 채 그대로 한 바퀴 선회하는 것을 보았기 때문이다. 너무 느리게 움직여 안력이 발달되지 않은 술사들이 보기에도 충분히 알아볼 수 있을 정도.

그리고 촛대 끝에 매달린 불꽃이 정확하게 한 바퀴를 회전한 순간.

쑤아아아앙!

새하얀 불꽃이 방향을 틀어 그대로 술사들을 향해 날아들었다.

콰아아앙!

미처 피할 새도 없이 세 명의 술사가 그대로 잿더미 속에서 나뒹굴었다.

"이런 젠장!"

리카이엔이 버럭 소리를 질렀다.

술사들의 술법은 되돌려 보냈지만, 그 힘이 너무 강해 촛대가 제대로 버텨내지 못하고 절반이나 녹아내린 탓이다.

그리고 복면인들은 그 기회를 놓치지 않았다.

세 줄기의 서늘한 예기가 리카이엔을 향해 쇄도했다. 그리고 복면인들은 자신들이 생각한 기회의 정체가 죽을 기회라는 사실을 모른 채 그대로 허물어졌다.

그리고 리카이엔은 죽은 복면인들의 검 한 자루를 집어 들었다. 흔히 쓰는 롱 소드의 절반의 길이였지만 상관없었다. '혈하'는 검의 길이나 날카로움에 구애받지 않는 검법이었다.

우우우웅!

리카이엔의 손을 따라 섬뜩한 검명이 울려 퍼진다. 마치 사신의 울음소리처럼 연회장 안을 메아리친다. 그리고 리카이엔의 혈하는 그 이름 그대로 피의 강을 만들어냈다.

비명 따위는 들리지 않는다. 혈하가 만들어내는 거대한 물살에 모든 것이 잠겨들어 갔다.

복면인들 사이에 섞여 있던 술사들이 기를 쓰고 술법을 날려댔지만, 그조차도 혈하의 격류에 휘말린다.

연회장 바닥이 붉은 피로 흥건했다. 무려 100여 명이 리카이엔의 검에 피의 강 아래로 잠겼다.

그 모습에 공포를 느낀 복면인들이 철벅거리는 소리를 내며 황급히 뒤로 물러나지만, 리카이엔의 검은 아직도 격류를 만들어내고 있었다.

"저 괴물!"

한 마디 툭 뱉어내는 사람은 조엘이었다. 그의 주위에는 카이스를 쫓아가려던 복면인들의 시체가 쌓여 있었다.

"후욱, 후욱!"

그론스트 백작성 높은 층에 위치한 카이스의 침실.

카이스는 신혼 첫날밤을 위해 화려하게 꾸며진 자신의 침실 구석에 앉아 벌써 십여 분째 거친 숨을 몰아쉬고 있었다. 하지만 분노로 인해 벌컥거리며 격하게 뛰는 심장은 좀처럼 진정이 되지 않는다.

마음 같아서는 당장이라도 써클루스의 근거지로 쳐들어가고 싶었다.

"죄다 죽여 버리……."

분을 참지 못하고 혼잣말로 중얼거리는 카이스가 갑자기 말끝을 흐렸다. 그리고 저도 모르게 긴 숨을 내쉬며 가만히 눈을 감았다. 어느새 정신을 수습한 아네스가 그를 꼭 껴안아 준 덕분이었다. 그리고 차분하게 귓전을 울리는 목소리.

"잠시, 아주 잠시만 숨을 돌려요, 카이스."

자신도 아직 놀란 마음이 진정이 안 돼 부들부들 떨고 있으면서, 사랑하는 이의 분노를 가라앉혀 주려는 아네스의 모습에 카이스도 어쩔 수 없었던 것이다.

자신의 목을 끌어안고 있는 아네스를 꼭 끌어안고 가볍게 등을 쓸어 준 카이스가 작은 목소리로 말했다.

"고맙소, 아네스."

그제야 가늘게 떨고 있던 아네스의 어깨도 조금씩 진정되기 시작했다.

가벼운 한숨과 함께 아네스를 안아 침대에 뉘인 카이스가 한쪽에 조용히 앉아 있는 도번 후작을 향해 고개를 숙이며 말했다.

"모자란 모습을 보였습니다."

"괜찮네. 사내가 그런 혈기도 없으면 안 되지. 그나저나 그놈들은……."

그때 침실 문이 벌컥 열렸다.

"흡! 하아……."

깜짝 놀라 벌떡 일어서려던 카이스가 다시 한숨을 쉬며

그 자리에 앉았다.

방으로 들어온 사람은 피를 흠뻑 뒤집어쓴 리카이엔과 조엘이었다.

리카이엔이 도번 후작과 아네스를 향해 고개를 숙이며 말했다.

“좋은 날 이런 흉한 일을 겪게 했군요. 죄송합니다.”

“괜찮네. 보아하니 내 사위도 연관이 되어 있는 것 같으니, 꼭 자네 탓이라고 할 수는 없지.”

“그렇게 생각해 주시니 감사합니다.”

“별소리를 다 하는군. 그런데 이게 어찌 된 일인지 알 수 있겠나?”

“이야기를 하자면 조금 깁니다. 사실 이곳으로 오는 길에 부탁드리려던 일과도 관련이 있습니다.”

“꽤나 큰일이었나 보군.”

고개를 끄덕이는 도번 후작의 모습을 보니 리카이엔이 이런 말을 꺼낼 거라 예상을 한 모양이다.

“그렇습니다. 하지만 지금은 시간이 없어 이 자리에서는 조금 힘들 것 같습니다. 잠시 기다려 주실 수 있겠습니까?”

“물론일세.”

도번 후작의 허락을 얻은 리카이엔이 카이스를 향해 말했다.,

“아무래도 그 방법대로 하는 수밖에 없겠다.”

"큭!"

카이스가 저도 모르게 얼굴을 찌푸렸다.

리카이엔이 다시 한 번 카이스의 결정을 재촉했다.

"오늘 실패로 인해 놈들의 다음 번 공격은 훨씬 더 대규모가 될 거라는 건 뻔하잖아. 괜히 엉덩이 붙이고 앉아 있어 봐야 될 일도 안 돼."

카이스가 잠시 아네스를 바라보며 갈등 어린 표정을 짓더니 힘겹게 고개를 끄덕였다.

"쳇! 어쩔 수 없지."

"잘 생각했다."

고개를 끄덕인 리카이엔이 아네스를 향해 작게 고개를 숙였다.

"미안합니다, 그론스트 백작 부인."

"밤새 별고 없으셨습니까?"

다음 날 아침, 리카이엔과 카이스가 도번 후작의 침실을 찾아왔다.

"왔는가? 이리 와서 차라도 한 잔 하겠나?"

느긋하게 테이블 앞에 앉아 따듯한 차를 마시며 창밖을 구경하던 도번 후작이 편안한 표정으로 두 사람을 맞이했다.

카이스를 따라 들어오던 리카이엔이 그 모습을 보고는

조용히 미소를 지었다.

전날 그렇게 큰일을 겪었는데도 도번 후작의 얼굴에는 조금도 피곤한 기색이 없었다. 그 말은 잠을 푹 잤다는 뜻이고, 전날의 사건을 보고도 특별히 겁을 먹지 않았다는 말이다.

그 담대함은 리카이엔이 도번 후작을 자신들의 구심점으로 고른 것이 틀리지 않았다는 방증이었다.

두 사람이 자리에 앉자 도번 후작이 직접 두 사람의 찻잔에 차를 따라 준다.

쪼르르륵!

청아한 차향이 천천히 퍼지며 두 사람의 마음을 편안하게 가라앉혀 주었다.

리카이엔이 차를 한 모금 머금은 후 천천히 그 맛을 음미하는 사이, 도번 후작이 자신의 찻잔을 비우며 말했다.

"어제 말하려고 했던 그 이야기를 하려는 참인가?"

"예, 그렇습니다."

"좋네. 이제 들을 준비가 된 것 같으니 말해 보게."

하지만 리카이엔은 바로 이야기를 시작하지 않았다.

그리고 도번 후작은 리카이엔이 마시던 차를 천천히 음미하며 찻잔을 깨끗하게 비울 때까지 인내심을 가지고 기다렸다.

달칵.

그리고 리카이엔이 텅빈 찻잔을 내려 놓으며 입을 열었다.

"지금부터 드리려는 이야기는 지난 정복전쟁 훨씬 이전부터 시작된 어떤 비밀 결사 조직에 대한 내용입니다."

그렇게 운을 뗀 리카이엔은 자신이 알고 있는 써클루스에 대한 것들을 하나도 빠짐없이 풀어 놓았다.

이야기를 모두 들은 도번 후작이 심각한 표정을 지은 채 신음하듯 말했다.

"지난 전쟁에서 기묘한 위화감이 들었던 이유가 그것이었던 모양이군."

"그렇게 느끼셨습니까?"

"기본적으로는 우리 왕국의 군대들이 아주 잘 싸웠기 때문에 생긴 결과겠지만, 이상하게도 무언가 딱 맞게 짜 맞춰진 상황 같은 느낌이 들었거든. 좀 더 구체적인 느낌으로 보자면, 그래 긴장감이라고 해야겠군? 사실 전쟁이라는 건 제대로 부딪치기 전에는 결과를 알 수 없는 것이 아닌가? 그렇기 때문에 아무리 강한 군대를 소유하고 있어도 전쟁에 나서게 되면 긴장을 할 수밖에 없는 것이고. 그런데 이번 전쟁은 그 전쟁 특유의 긴장감을 찾아보기가 힘들었거든."

"그러셨군요. 역시 감이 좋으신 모양입니다."

리카이엔의 칭찬에 도번 후작이 너털웃음을 터트렸다.

"허허허, 원래 국왕 옆에 따라다니다 보면 감이 좋을 수밖에 없지. 단 1초만 방심해도 그대로 지옥으로 떨어지는 것이 바로 우리 같은 사람들 아닌가?"

"그렇기는 하지요."

"아무튼 그래서 자네들이 보기에 그놈들이 노리는 건 이 대륙 자체라는 말인가?"

"예. 지난 정복전쟁 당시 놈들의 행태를 보건데, 이미 브렌 왕국과 그로니스 제국 두 나라의 지방 영주들을 자신들의 것으로 만들었을 것입니다. 조직 자체의 크기만 생각하면 아주 크지는 않을 것으로 생각됩니다만, 그들이 움직일 수 있는 힘은 엄청난 수준이라고 보아야 할 것입니다. 그 힘을 이용해서 대륙을 차지할 생각인 것 같습니다."

조직원이 아주 많지는 않아도 그 조직원들 개개인이 각 지방의 영주로서 자신의 군대를 가지고 있다면 운용할 수 있는 힘은 상상을 불허하는 거대한 수준일 가능성이 컸다.

"하긴, 뭔가 큰 걸 노리는 게 아니고서는 그렇게 거대한 일을 벌이지는 않겠지."

담담하게 고개를 끄덕이는 도번 후작의 모습에 리카이엔은 진심으로 대단하다고 느꼈다.

이런 이야기를 듣게 되면 아무리 침착한 척하려 해도 목소리부터 떨리는 것이 일반적이었다.

하지만 도번 후작은 눈빛에서부터 목소리, 몸짓 무엇 하나 긴장한 기색이 보이지 않았다. 아주 당연한 사실을 당연한 표정으로 거부감 없이 받아들이는 듯한 모습이다.

리카이엔이 고개를 끄덕이며 설명을 이었다.

"지금까지 말씀드렸던 이야기들은 아주 덩치가 크기는 하지만 어쨌든 상황 자체는 지극히 단순합니다. 감당하기 힘들 정도로 커다란 세력이 대륙을 집어삼키려고 한다는 명확한 상황이지요. 그런데 여기에 한 가지 변수가 생겼습니다."

"변수?"

이번에는 도번 후작도 조금 놀란 표정을 지었다. 과연 그만큼이나 커다란 놈들에게 변수가 될 정도 파급력 있는 존재가 있다는 데 놀란 것이다.

"그렇습니다. 갑자기 끼어든 놈이 있습니다."

"끼어든 놈이라면? 어떻게 말인가?"

"저와 써클루스를 충돌시키려는 자가 있다는 말씀입니다."

"좀 자세히 물어봐야겠군. 자네로 하여금 써클루스의 본체를 치게 하려고 한다는 말인가?"

"예, 어쨌든 그들 조직 자체의 크기가 아주 크지는 않으니까요."

도번 후작이 천천히 고개를 끄덕였다.

"이유가 뭔지는 몰라도, 사람을 잘 골랐군."

"과찬이십니다."

"흐음……."

도번 후작은 의자 등받이에 몸을 기대며 천천히 팔짱을 꼈다. 그리고 천천히 눈을 감으며 홀로 생각에 잠겼다.

지금 들은 이야기들을 머릿속에서 정리하고 있다는 것을 눈치챈 리카이엔과 카이스는 더 이상 말을 걸지 않고 조용히 도번 후작의 생각이 끝나기를 기다렸다.

따라 놓은 차가 차갑게 식을쯤 도번 후작이 눈을 떴다.

"자네들을 이용해 써클루스와 싸움을 붙이려는 자의 목적은, 써클루스의 힘을 빼는 건가?"

"그럴 거라고 생각하고 있습니다."

"어제 보아하니 자네들은 영지를 버리고 일단 잠적을 할 것처럼 보이던데, 그게 맞는가?"

"예."

"그 이유가 놈의 의도에 맞춰 주기 싫다는 것일 테고?"

"맞습니다. 써클루스와 싸울 준비는 하고 있습니다만, 놈이 원하는 것을 들어줄 필요는 없으니까요."

써클루스는 어떤 이유에서든 싸워야 할 적이었다. 하지만 괜히 놈의 장단에 휘둘렸다가는 아무것도 이룰 수 없었다.

지금 당장 써클루스와 싸워 봐야 어떤 결과가 나올지 장담할 수 없을 뿐더러 혹여 싸움에 이기더라도 아직 뒤에서 상황을 조정하려는 '놈'이 있는 한 어떤 일이 생길지 알 수도 없었다. 그러니 일단은 몸을 숨기는 것이 최선의 선택이었다.

"양쪽 모두의 눈에서 사라지겠다는 거군."

"그렇습니다. 써클루스의 반응과 더불어 우리를 이용하려는 놈의 반응도 확인할 수 있을 테니까요."

"나쁘지 않은 생각이군. 숨어 있는 적은 밖으로 끌어내는 것이 상책이니."

"제대로 보셨습니다."

"그런데 거기에 내가 도와줄 일이 있는 건가?"

도번 후작이 궁금한 표정으로 물었다. 리카이엔의 말을 들어 보면 거의 모든 계획과 대략의 준비가 끝난 것 같았다. 그런데 자신이 들어가 도와줄 일이 무엇인지 궁금했던 것이다.

"있습니다."

"말해 보게."

"아까 말씀드렸다시피 놈들이 움직일 수 있는 힘은 아마도 우리 두 사람의 힘만으로는 상대할 수 없을 것입니다. 그렇기에 저희 역시 세력이 필요합니다."

"그렇겠군. 조직 자체만 상대하려고 해도 언젠가는 전체적인 힘이 동원될 테니."

"예, 저희도 그렇게 생각합니다. 그래서 따로 사람을 움직여 세력을 모으고 있는 중입니다."

"흐음, 그런데?"

"현재 꽤나 많은 영주들의 동의를 받아내었습니다. 하지만 저희는 앞으로 잠적할 예정입니다. 계획대로라면 적어도 1년은 모습을 감추어야 합니다. 그런 상황이 오게 되면 그들은 우리를 믿고 기다릴 수 없습니다. 그들이 흔들리지 않고 우리를 기다릴 수 있도록 확고한 믿음을 줄 수 있는 분이 필요합니다."

"그러니까 내가 그 일을 해달라는 말이로군?"

"그렇습니다. 우리가 형성한 세력의 정신적 구심점이 되어 주셨으면 합니다."

도번 후작은 잠시 고민에 잠겼다. 리카이엔이 써클루스에 대한 이야기를 했을 때 이미 도와주리라 마음먹고 있었다. 다만, 한 가지 마음에 걸리는 것은 생각보다 부담이 큰 일이라는 점이었다.

하지만 처음 마음먹은 대로 결정은 이미 나 있었다. 길게 고민할 것은 없었다.

마음을 정한 도번 후작이 힘주어 고개를 끄덕였다.

"나 같은 사람이 그만큼이나 중요한 역할을 할 수 있을지는 모르겠지만, 내 힘 닿는 데까지는 도와주도록 함세."

"감사합니다!"

"그래, 나는 어떻게 하면 되겠는가?"

"그 일을 하고 있는 사람이 있으니 함께하시면서 영주들을 만나 이야기를 해 주십시오."

"알았네."

§ § §

"이 멍청한 놈!"

크로한의 얼굴이 분노로 일그러졌다. 그런 크로한의 앞에는 로반이 바닥에 엎드려 잔뜩 웅크린 채 부들부들 떨고 있었다.

"죄, 죄송합니다!"

"죄송하다는 말로 끝낼 일인 줄 알았더냐!"

"그런 것이 아니라! 놈의 힘이 그 정도일 거라고는!"

로반의 얼굴에는 공포와 더불어 경악이 떠올라 있었다.

조직의 정예 200여 명을 투입했다. 거기에 확실히 끝내기 위해 클리먼들까지 지원을 하도록 시켰다. 그런데 되돌아온 결과는 전멸이었다.

믿을 수 없는 일이었다. 그만큼의 전사들과 클리먼들이 한꺼번에 덤빈다면 자신도 꽤나 상대하기 버거운 정도였다. 그런데 전멸이라니.

"한 번만 더 기회를 주십시오! 반드시 놈을 없애겠습니다!"

간절한 표정으로 목이 쉬도록 외치는 로반의 모습은 애처롭기 짝이 없었다.

실력으로만 따지면 조직에서 두 번째로 강한 그가 이런 모습을 보이는 일은 그리 흔치 않았다. 그러면서도 눈동자 한편에는 리카이엔에 대한 분노가 이글거리고 있었다.

그 분노를 알아본 크로한이 잠시 숨을 돌린다. 그리고 가라앉은 목소리로 말했다.

"실수를 만회할 기회를 주마."

"가, 감사합니다!"

§ § §

"만나 뵙게 되어 영광이에요."

엘리샤가 양손으로 치마 끝을 살짝 쥐고는 사뿐하면서도 격조 있게 허리를 숙인다.

"허허, 생각보다 어린 아가씨와 함께하게 되었구만. 프로커스 백작도 생각보다 고약한 사람이로구만, 이렇게 어린 숙녀에게 그런 험악한 일을 시키다니."

도번 후작이 엘리샤의 모습에 당황하면서도 편안한 웃음

을 터트리며 말했다.

그 말에 엘리샤가 평소와는 다르게 가벼운 웃음을 터르리며 말했다.

"호호호, 이래 봬도 알 건 다 아는 나이니 너무 걱정하실 필요는 없답니다."

"음?"

도번 후작이 고개를 갸웃거렸다.

엘리샤의 작은 체구와 동안은 아무리 많이 봐도 십대 중반이었기 때문이다.

"호호, 이미 결혼을 했으면 아들딸 셋은 낳았을 걸요?"

"험험!"

뒤에서 가만히 듣고 있던 볼프가 저도 모르게 헛기침을 터트렸다. 아무리 그런 걸 따지지 않는 볼프라 해도, 브렌 왕국에서 가장 존경받는 노귀족에게 할 만한 농담은 아니라는 생각이 들었기 때문이다.

하지만 의외로 도번 후작은 아무렇지 않은 얼굴로 웃어 보였다.

"허허허, 그랬구만. 내 아가씨가 너무 젊어 보며 실례를 했구만."

"별말씀을요. 그럼 가실까요?"

엘리샤가 가볍게 손짓한 쪽에는 한 대의 마차가 서 있었다.

도번 후작이 느긋하게 마차에 올랐다.

도번 후작에 이어 엘리샤와 술사인 오벨드가 마차에 오르자 볼프가 마부석으로 가 앉았다.

"이랴!"

가벼운 외침과 함께 길게 늘어진 고삐를 휘두르자 말들이 푸르릉거리며 천천히 앞으로 달리기 시작했다.

"어리지는 않다 해도 여자의 몸으로 큰일을 하는구만."

도번 후작이 진심을 담아 말했다.

"이제부터는 도번 후작님께서 도와주실 테니 한결 수월해질 것 같은데요?"

"나 같은 늙은이가 그렇게나 도움이 되겠는가? 그저 말이나 거들 뿐이지."

"어머, 스스로를 그렇게 작게 보시다니. 어린 제가 드릴 말씀은 아닐지 몰라도 좋지 않은 습관이에요."

"허허허허, 그랬나? 알겠네. 아무튼 앞으로 잘해 보세."

마차는 닷새를 더 달려 브렌 왕국 남부, 구 루오 왕국령에 위치한 그리올 남작령에 도착했다.

낮에 도착한 그들은 외진 곳에 자리한 여관을 숙소로 정한 후 이틀간의 마차 여행으로 얻은 피로를 잠시나마 풀었다. 그리고 움직인 것은 깊은 밤이 되어서였다.

원래도 그랬지만 이제는 도번 후작도 함께 다니다 보니 어지간해서는 외부에 얼굴을 드러내서는 안 되는 까닭이었다.

미리 연락을 받았는지 그리올 남작은 일행을 맞이할 준비를 해 놓고 있었다.

외부로 난 창문은 모두 두꺼운 커튼을 쳐서 막고, 안에도 다른 사람은 모두 내보낸 내성의 구석에 자리한 작은 방이었다.

"어서 오시오, 엘리샤 양."

그리올 남작이 조심스러운 얼굴로 엘리샤에게 인사를 했다.

심각하고 중요한 일이라 동조는 했지만, 한편으로는 이런 일을 한다는 것이 꽤나 불안한 마음도 있었다. 그런데 오늘 낮에 찾아오겠다는 연락이 와 새삼 자신이 심각한 일에 발을 들이밀었다는 생각을 하고 있던 참이었다.

"오랜만이군요, 그리올 남작님. 그동안 별다른 일은 없으셨나요?"

"하하, 나야 뭐 별다른 일이 있을 게 있겠소? 그런데 오늘은 어쩐 일로 오셨소?"

"네, 남작님과 이야기를 나누고 싶어 하는 분이 계셔서요."

"이야기?"

그리올 남작이 엘리샤의 말을 되뇌며 고개를 갸웃거렸다.

서로 뜻을 함께하기로 결정을 한 마당에 또 이야기를 나

눌 사람이 누가 있단 말인가?

그때 엘리샤가 살짝 옆으로 비켜나고 그 뒤에 있던 볼프도 자리를 비켰다.

"음?"

볼프 뒤에서 모습을 드러낸 도번 후작을 보며 그리올 남작이 저도 모르게 고개를 갸웃거렸다. 어디선가 본 적이 있는 것 같은데 정확하게 기억이 나지 않는 탓이다.

주춤거리는 그리올 남작을 향해 엘리샤가 소개를 했다.

"한때 국왕 폐하의 자문이셨던 도번 후작님이십니다."

"아!"

그제야 그리올 남작의 기억이 떠올랐다.

정복전쟁으로 루오 왕조가 멸망하고 자신들이 브렌 국왕에게 충성을 맹세하기 위해 브렌 왕국의 수도에 갔을 때였다. 루오 왕가에 대한 커다란 충성심은 없었지만 그래도 꽤나 굴욕적이었던 상황이었다.

그때 브렌 국왕의 요청으로 동석했던 사람이 도번 후작이었는데, 상당히 치욕스러울 수도 있는 그 상황을 부드럽게 만들어 루오 왕국의 귀족들이 크게 자존심이 상하지 않는 선에서 마무리될 수 있도록 상황을 이끌어 주었던 것이다.

한 영지를 다스리는 영주들에게는 자신들의 마지막 자존심을 지켜 주고, 명예를 실추시키지 않을 수 있게 해 준 고

마운 사람이었다.

"당시에는 상당히 표정이 어두웠었는데 이제는 그래도 조금 편안해진 듯해서 다행이오."

"도번 공께서 저희들의 입장을 잘 헤아려 주셨던 덕분입니다. 당시에는 말씀을 못 드렸습니다만, 정말 감사했습니다."

그리올 남작은 진심을 담아 인사를 했다. 그리고 그제야 자신들이 아직까지 서 있다는 것을 깨달은 그리올 남작이 황급히 손짓을 했다.

"우선 앉으시지요."

"고맙소."

모두들 자리를 잡고 앉은 후, 도번 후작이 먼저 말을 꺼냈다.

"그래, 이번 일을 도와주겠다고 약속을 했다고 들었는데……?"

"예, 그렇게나 심각한 일이 있다면 작은 힘이라도 거드는 것이 낫겠다고 생각해서……."

"허허, 마음먹기가 쉽지 않았을 텐데 큰 결정을 해 주어 고맙소."

브렌 국왕에게 충성을 맹세했다고는 해도, 아직까지 그들에 대한 감시의 눈길이 거두어지지 않은 상태였다. 그런 상황에서 이런 결정은 분명 쉽지 않은 것이었다. 물론, 그런 결정을 내린 데는 무시무시한 엘리샤의 언변이 상당히 작용하기는 했지만.

"과찬이십니다. 한데 하실 말씀이라는 것이……."

"이번 일을 주도한 것이 누구인지는 알고 있으리라 생각하오."

"물론입니다."

"한데 아마 그들이 조만간 모습을 숨길 거요."

"네?"

그리올 남작이 흠칫하며 고개를 갸웃거렸다.

이런 일을 벌여 놓고 모습을 숨긴다니? 앞뒤가 맞지 않는 행동이 아닌가.

그에 대해 도번 후작이 설명을 부연했다.

"우리가 상대해야 할 놈들이 얼마나 커다란 놈인지도 알고 있으리라 생각하오."

"물론입니다. 그래서 누가 적이고 누가 아군인지 몰라 입을 조심하고 있는 상황입니다."

"좋은 생각이오. 어쨌든 그렇기 때문에 모습을 숨기는 거요. 진짜 적들의 움직임을 살피고, 그들을 상대할 준비를 하기 위해서."

"하지만 그랬다가는 세력들의 결집이… 약해지지 않겠습니까? 당장 저도 이야기를 들으니 망설여지는군요."

"그래서 내 부탁을 하려고 왔다네."

"아아……."

그리올 남작이 천천히 고개를 끄덕였다. 사실 이런 일에 발을 들였다는 것을 떠올리며 몇 번이나 망설였었다. 하지만 브렌 왕국 내에서도 명망이 높은 도번 후작이 이렇게 직접 찾아오니 이전보다 망설이는 마음이 덜했다. 엘리샤하고만 이야기를 했을 때보다 훨씬 더 믿음이 가고 안정이 되는 것도 사실이었다.

도번 후작이 말을 이었다.

"그래도 가끔 연락을 넣을 거요. 그러니 그리 신경 쓰지 않아도 될 거요."

"하하, 알겠습니다. 도번 후작님이 이렇게 직접 오셔서 말씀을 하시는데 당연하지요."

"아, 그리고……."

"네, 뭐 더 하실 말씀이라도……?"

"브렌 왕국의 폴덴바인 백작과 혹여 연락이 닿는다면 그에게 도움을 주었으면 하오."

그리올 남작이 잠시 기억을 더듬었다. 그리고 이내 기억을 떠올렸다. 브렌 왕국에 편입된 지는 그리 오래 되지 않았지만, 브렌 왕국에서 영향력이 강한 상급 귀족이었기에 금방 생각해 낼 수 있었던 것이다.

"그 폴덴바인 백작도 혹시……."

"흐음, 말하기 애매하군. 확실하게 같은 세력이라고 말하기는 힘드오. 하지만 앞으로 서로 도움을 주고 받을 사이가 될 거요. 그러니 그에게 힘을 실어 주면 좋겠소."

"하하! 알겠습니다. 염려하지 마십시오."

옆에서 두 사람의 대화를 지켜보고 있던 엘리샤가 옅은 미소를 지으며 고개를 끄덕였다.

도번 후작을 이 일의 조력자로 청한 것은 꽤나 성공적이었다. 아직 포섭하지 못한 영주들도 도번 후작의 도움을 받는다면 훨씬 끌어들이기 쉬울 거라는 확신이 들었다.

§ § §

"후우, 이거 보통 일이 아니군."

카이스가 지친 표정으로 자리에 털썩 주저앉았다. 마주 앉은 리카이엔이 고개를 끄덕이며 카이스의 말을 받았다.

"그래도 이제 거의 준비는 끝났잖아."

"그렇지. 그래서 그나마 다행이지. 에휴~"

카이스가 긴 한숨을 내쉬었다.

"왜 그러나?"

"뭐, 그냥 아네스한테 미안해서 그렇지."

"흐음, 하긴 좀 그렇기는 하지. 나도 제수씨한테는 좀 많이 미안하기는 하다."

리카이엔이 순순히 고개를 끄덕였다.

카이스는 결혼을 했음에도 불구하고 아직 첫날밤도 치르지 못한 상태였다. 앞으로의 일 때문에 바쁘게 준비를 하다 보니, 영지의 분위기가 심각할 정도로 어수선한 탓이었다.

리카이엔이 짓궂은 표정으로 말했다.

"야, 그럴 때는 그냥 확!"

"어우, 진짜! 친구라는 게 확 그냥! 아무튼 이놈의 자식은 낭만이라는 게 없어."

"그래 생긴 것과는 어울리지 않게 낭만적이신 그론스트 백작님께서는 뭐 그렇게 낭만을 찾으십시오. 나야 뭐 아직 결혼도 못해서 모르겠소. 크크크."

놀리듯 말하는 리카이엔의 모습에 카이스가 울컥한 표정을 지었지만, 뭐라고 말을 하기도 전에 리카이엔이 선수를 쳤다.

"나도 이제 가 봐야겠다."

"음, 벌써? 아직 좀 더 상의할 게 남은 거 같은데?"

"거의 끝났으니 나머지는 흘러가는 대로 되겠지. 세이나가 알아서 잘할 거라 생각은 하지만, 그래도 내가 가서 마무리를 해야지. 안톤이 데리고 있는 용병들도 이제 밖으로 나와야 될 것 같고."

"그렇기는 하겠네."

"그러니 난 이제 갈란다."

"응? 지금?"

"시간 없으니 가 봐야지."

"하긴 한시가 급하긴 하다. 그럼 다음번에는 거기서 보는 거지?"

카이스의 말에 리카이엔이 고개를 끄덕였다.

"조엘이 마중을 나오겠다고 했으니 거기서 보자."

## Chapter 2.

## 잠적

“지, 지금 뭐라고 했느냐!”

로반의 입에서 경악스러운 외침이 터져 나왔다.

다시 대답을 한 사람은 로반의 심복 중 한 명인 마랄이었다.

“프로커스 백작이 사라졌습니다. 그의 가족은 물론 영지에 있던 영지군과 함께 실종된 상태입니다.”

“그, 그게 말이 되느냐? 영주가 영지군을 데리고 사라지다니! 프로커스 백작 본인과 가족들을 그렇다 쳐도, 그 많은 영지군이 전부 사라진다는 게 말이 되느냐!”

“그, 그것이…….”

그때 마랄과 나란히 서 있던 갈도스가 조심스레 말했다.

“그론스트 백작령 역시 똑같은 상황입니다.”

“뭣이!”

너무 놀라 머리가 멍해질 정도였다.

“백작령이라면 적어도 2천의 병력은 될 것이다. 그 많은 병력이 사라진다는 것이 말이 되느냐!”

“전부는 아닙니다만 절반 정도가 사라졌습니다. 남아 있는 병사들을 통해 알아보니, 얼마 전 영지를 떠날 의사가 있는지 물어봤다고 합니다.”

“남은 병력들은 그들이 어디로 갔는지 모르는 것이냐?”

“예, 남겠다고 한 병력들에게는 알리지 않은 모양입니다.”

“크윽!”

로반의 얼굴이 끔찍할 정도로 일그러졌다. 저번에는 자신이 보낸 병력들을 몰살시키더니 이번에는 갑자기 실종이다. 그러고 보면 프로커스 백작과의 인연은 처음부터 악연이었다. 그의 병력들이 써클루스의 비밀 근거지를 헤집고 다니면서부터 생긴 인연이니 말이다.

“크윽! 뭣들 하느냐! 당장 찾아라!”

버럭 소리를 지르는 로반의 모습에 마랄과 갈도스가 흠칫한 표정으로 급히 고개를 숙였다. 그리고는 대답도 없이 황급히 밖으로 뛰었다. 이럴 때 대답을 했다가는 시간을 지체한다고 호통을 칠 게 분명하기 때문이었다.

두 사람이 뛰어나간 후 로반은 오른손으로 이마를 짚었다. 생각만 해도 머리가 지끈거리는 기분이었다.

'또 뭐라고 보고를 한단 말인가!'

이제 곧 수뇌부 회의가 있을 시간이다. 회의라기보다는 보고 시간이라고 하는 게 더 적당한 명칭이겠지만.

어쨌든 회의 때 이 사실을 크로한에게 말한다면 또 얼마나 불같이 화를 낼지 알 수가 없었다. 하지만 보고를 하지 않을 수도 없다.

조만간 프로커스 백작의 처리에 대한 결과를 물을 텐데 그때서야 말을 하면 오히려 분노를 사 그 자리에서 바로 한 줌 재가 되어 버릴 수도 있기 때문이다.

"후우!"

고민을 했지만 결과는 지금 당장 보고를 하는 것밖에 없었다. 긴 한숨과 함께 몸을 일으킨 로반이 무거운 발걸음을 옮겼다.

복잡하게 얽혀 있는 복도를 걸어 견고해 보이는 문 앞에 도착한 로반은 바로 들어가지 못하고 잠시 발을 멈췄다.

"후우!"

짧게 심호흡을 한 후 문을 열려는데 갑자기 누군가 뒤에서 다가왔다.

"안 들어가시나요?"

순간 로반이 신경질적으로 고개를 홱 돌리며 소리가 들린 쪽을 노려보았다.

그렇지 않아도 잔뜩 긴장하고 있는데 불쑥 튀어나와 말

을 거는 바람에 짜증이 몰려온 것이다.

"뭐냐?!"

"어머! 뭐, 기분 나쁜 일이라도 있었나 봐요?"

갑자기 풀썩 살기가 피어올랐음에도 불구하고 말을 걸었던 여인은 조금도 위축되지 않은 모습으로 되물었다.

로반과 함께 써클루스의 세 명의 수뇌부 중 한 사람인 루디아였다.

"됐다. 어서 들어가기나 해라."

신경질적으로 툭 내뱉은 로반이 앞에 있는 문을 열고 안으로 들어가고 루디아가 뒤를 따랐다. 안으로 들어가니 크로한 앞에 누군가 한쪽 무릎을 꿇고 고개를 숙이고 있었다.

수뇌부의 나머지 한 사람인 아론이었다.

"늦었군."

나지막하게 울리는 크로한의 목소리에 두 사람이 재빨리 앞으로 다가가 아론과 나란히 한쪽 무릎을 꿇었다.

크로한의 시선이 아론에게로 향했다.

"어디까지 진행되고 있지?"

"예, 처음에 선별해 놓았던 영주들을 모두 포섭하는데 성공했습니다. 이제 다음 단계로 넘어가고 있습니다."

"오랜만에 마음에 드는 이야기로군."

크로한의 얼굴에 만족스러운 미소가 떠올랐다. 스스로 생각해도 이렇게 흡족한 기분이 된 것은 꽤나 오랜만인 것 같다.

고개를 끄덕인 크로한이 아론을 향해 물었다.

“다음 단계의 진행 상황은?”

“예, 현재 망각의 클리머스를 사용하는 클리먼들이 이동할 준비를 마치고 마스터의 명령을 기다리고 있습니다.”

망각의 클리머스는 이름 그대로 대상이 머릿속의 모든 것을 잊어버리도록 만드는 것이다. 그리고 원하는 다른 것을 주입시킬 수 있는 술법이었다.

간단하게 말하자면 최면, 혹은 세뇌를 시키는 술법인 것이다.

써클루스는 정복전쟁과 관련하여 긴 계획을 짰고, 그것을 하나하나 실현시켜 왔다. 그리고 그 계획의 완성이 가시화된 순간, 다음 단계의 계획을 준비했다. 써클루스가 전 대륙의 주인이 되기 위한 계획이었다.

그러기 위해서 가장 필요한 것이 다름 아닌 무력을 가진 세력들의 포섭이었다. 물론, 이 대륙에서 무력을 가진 세력이라는 것은 자신의 영지를 가진 귀족들 즉, 영주들을 두고 하는 말이었다.

하지만 단순히 포섭하는 것으로는 불안한 부분이 많았다. 인간의 마음이라는 것은 아주 작은 이유만으로도 등을 질 수 있는 변덕스러운 성질을 가지고 있기 때문이다.

그렇기에 필요한 것이 바로 세뇌였다. 철저하게 자신들

의 도구로써 이용하겠다는 생각이다.

즉, 지금 아론은 제국 소속의 영주들을 세뇌시킬 준비가 끝났다는 말이다.

크로한이 고개를 끄덕이며 말했다.

"잘했다. 앞으로는 따로 명령을 거치지 말고 아론 네가 모든 일을 조율하도록."

"알겠습니다! 실망시키지 않도록 노력하겠습니다!"

크게 고개를 숙이는 아론에게서 시선을 거둔 크로한은 이번에는 루디아를 보았다.

"브렌 왕국 쪽은?"

"예, 브렌 왕국 쪽도 거의 마무리가 되어 가고 있습니다. 과거에 루오 왕국, 델로스 왕국, 스타넨 왕국의 귀족이었던 이들은 모두 포섭이 끝났으며, 브렌 왕국은 실종된 아이젠 백작의 세력들을 중심으로 접촉하고 있습니다. 조만간 완전히 끝이 날 거라 생각합니다."

"좋아. 포섭이 마무리되거든 따로 보고하지 말고 바로 다음 단계로 일을 진행시켜라."

"명을 받들겠습니다."

"네 스승처럼 되지 않으려면 실수 따위는 하지 않는 것이 좋을 것이다."

순간 루디아의 얼굴이 처참하게 일그러졌다. 페르온을 비롯한 기사들의 수색을 제대로 처리하지 못한 탓에 허무하게 죽어 버렸던 카루안이 그녀의 스승이었던 것이다. 아니, 단순한 사제 관계가 아니라 연인 사이였다.

갑자기 그 이야기를 들으니 평정심을 유지하기가 힘들었던 것이다. 하지만 다행히도 고개를 푹 숙이고 있었기에 그녀의 표정은 다른 사람이 알아차리지 못했다.

크로한이 마지막으로 시선을 준 이는 로반이었다.

"놈들의 제거는 어찌 되었느냐?"

"실은 프로커스 백작의 영지를 조사 중에 있었는데……."

시원하게 나오지 않는 대답에 크로한은 제대로 내용을 듣기도 전에 인상을 찡그렸다.

단번에 결과를 말하지 못하는 이유는 항상 똑같기 때문이다.

"이 멍청한 놈!"

버럭 호통을 지르는 크로한의 얼굴에는 방금까지의 흡족한 표정은 남아 있지 않았다.

"죄, 죄송합니다!"

"변명은 불필요하다는 것을 모르느냐!"

말이 끝나기가 무섭게 크로한의 몸에서 거대한 기운이 피어올랐다.

로반이 그것을 느낀 순간, 그의 몸은 이미 허공에 떠올라 있었다.

그리고 온몸을 옥죄는 무지막지한 압력. 로반의 얼굴이

순식간에 벌겋게 부풀어 올랐다.

"놈이 자기 병력들과 함께 잠적했습니다!"

단숨에 터져 나오는 외침. 로반은 맹세코 이렇게 빨리 말을 해 본 적이 없을 정도로 빠르게 말했다.

그리고 그 순간.

퍼억!

"끄으으윽!"

로반의 몸뚱이가 바닥으로 거세게 곤두박질쳤다.

"뭐라고 했느냐?"

허공에 떠오른 순간 그 말을 했던 보람이 있는 듯 크로한이 흥미를 보였다.

백작령의 군대라면 그 규모가 절대 작지 않다. 그런 군대와 함께 돌연 잠적했다는 것은 흔히 볼 수 없는 이상한 일.

로반은 가슴을 쓸어내릴 틈도 없이 급하게 말했다.

"말씀 드린 그대로입니다. 자신의 병력들과 함께 갑자기 모습을 감추었습니다."

"갑자기 사라졌다는 것이 그 말 그대로의 뜻이더냐?"

"그렇습니다. 자신의 군대를 모두 데리고 간 것은 아닙니다만, 영지에 남은 병사들은 어디로 갔는지 알지 못한다고 합니다."

"흐음……."

크로한은 홀로 고민에 잠겼다. 로반이 단순히 프로커스

백작을 처리하지 못하고 미적거린 것이라면 직접 병력들을 이끌고 가서 영지와 함께 쓸어버리는 방법도 있었다.

하지만 사라진 것이라면 다르다. 그 뒤에 좀 더 심각한 것이 있을 수도 있었다. 일단은 조사해 보는 것이 좋을 터.

"적의 유능함에 기대 목숨을 구걸하는 꼴이라니."

크로한이 경멸이 가득한 목소리로 말했다.

실제로 갑자기 사라진 것이 유능하다는 의미는 아니지만, 그런 돌발적인 행동 덕분에 로반이 목숨을 건진 것은 사실이었다.

"더 이상은 나를 실망시키지 않는 게 좋을 것이다."

"명심, 또 명심하겠습니다!"

§ § §

"다시 말해 보아라!"

브렌 국왕의 노성에 재상인 슈볼드 공작이 머뭇거리며 눈치를 살폈다. 듣지 못해 저러는 것이 아니라는 것을 알기 때문이다.

그렇지 않아도 최근 매사에 예민한 반응을 보이는 국왕이다. 아니, 최근이 아니라 정복전쟁이 끝나고 얼마 지나지 않아서부터 국왕의 저런 상태는 점점 심각해져 지금에 이른 것이다. 괜히 과민 반응을 보인 말을 또 했다가는 무슨 봉변을 당할지 모를 일이다.

이럴 때는 가만히 고개만 숙이고 있다가 송구하다는 말만 되풀이하는 게 상책이다. 그러면 혼자 알아서 길길이 날뛰다가 제풀에 지칠 테니까.

하지만 이번만큼은 슈볼드 공작의 예상이 빗나갔다.

"왜 가만히 있는 게냐! 도대체 어찌 된 일인지 어서 말하지 못하겠느냐!"

"송구하옵니다. 워낙 갑작스러운 일이라 아직 파악을 못하고 있다 합니다."

"갑작스럽게 영주가 사라지고 그 군대가 사라져? 그게 말이 된다고 생각하고 지금 그 입으로 내뱉는 것이냐!"

"소, 송구하옵니다!"

휘이익, 퍽!

"어억!"

슈볼드 공작이 갑자기 비명을 지르며 뒤로 넘어갔다. 그리고 들려온 국왕의 노성.

"재상이 할 줄 아는 말은 송구하다는 것밖에 없는가!"

"폐, 폐하!"

황급히 몸을 일으킨 슈볼드 공작의 이마에서는 피가 철철 흐르고 있었다. 국왕이 손에 들고 있던 홀을 집어 던져 슈볼드 공작의 이마가 찢어진 것이다.

"소, 송구하옵……."

말을 하려던 슈볼드 공작이 황급히 자기 입을 막았다. 오늘은 아무래도 그의 예상이 빗나간 모양이었다.

평소와는 다른 국왕의 반응에 슈볼드 공작이 뭐라고 말을 해야 할지 몰라 납작 엎어진 채 부들부들 어깨를 떨었다.

다른 대신들은 피를 흘리고 있는 슈볼드 공작의 모습에 어떻게든 해야 한다는 생각이 들었지만, 국왕의 앞인지라 차마 어떻게 하지 못하고 발만 구르고 있었다.

"꺼져라!"

"그, 그게 무슨 말씀이시온지!"

어울리지 않게 천박하고 거친 국왕의 말에 슈볼드 공작이 굳은 채 말을 잇지 못한다. 하지만 국왕의 뜻은 명백했다.

"당장 꺼져라! 다음번에 내 앞에 나타날 때는 프로커스 공작의 소식을 가지고 있는 것이 목 위에 있는 그 물건을 제대로 간수할 수 있는 유일한 방법일 것이다!"

"며, 명을 받들겠습니다!"

그때 대전 입구를 지키던 의전관이 큰소리로 외쳤다.

"폐하, 폴덴바인 백작이 들었습니다!"

그 말에 국왕이 반색을 하며 말했다.

"어서 들라하라!"

말이 끝나기가 무섭게 대전의 문이 열리며 폴덴바인 백

작이 안으로 들어섰다.

"신 폴덴바인이 국왕 폐하를 뵈옵니다."

"잘 왔다, 어서 이쪽으로 오라!"

폴덴바인 백작이 빠르지도 느리지도 않은 걸음으로 국왕을 향해 다가가는 사이, 국왕이 아직도 무릎을 꿇고 있는 슈볼드 공작을 향해 버럭 소리를 질렀다.

"아직도 가지 않고 뭐하는 게냐! 당장이라도 그 목을 쳐 달라 청하는 것이냐!"

"아, 아니옵니다! 그럼 신 슈볼드 이만 물러가겠습니다!"

슈볼드 공작이 황급히 머리를 숙이고는 재빨리 자리에서 일어났다. 그리고는 뭔가에 쫓기기라도 하듯 바쁜 걸음으로 대전 문을 향해 걸었다.

'음!'

서로 마주 보게 된 상황에서 슈볼드 공작을 보던 폴덴바인 백작의 얼굴에 놀란 표정이 떠올랐다. 재상인 슈볼드 공작의 이마에서 쉬지 않고 피가 흘러내린 탓이다.

'으음, 점점 심각해지시는군.'

정복전쟁이 끝난 후, 왕세자였던 브레튼 왕자가 알 수 없는 병으로 시름시름 앓기 시작하면서부터 국왕은 전혀 다른 사람으로 변해 갔다.

대전에 나와 국사에 대해 이야기하는 일이 점점 줄어드는 반면, 하루 종일 술에 취해 있는 일이 늘어났다.

최근에는 하녀들의 몸을 취하는 일도 종종 벌어지고 있었다. 그나마 일이 심각한 상황까지 번지지 않은 것은, 왕실부의 하인들은 평민 출신이고 궁내부의 하녀들은 귀족 출신이기는 해도 하급 귀족들의 여식들이기 때문이다.

하지만 이대로 둔다면 조만간 아주 심각한 상황이 벌어질 것이 분명했다.

'이러다가 결국은…….'

폴덴바인 백작이 불길한 느낌에 저도 모르게 국왕의 얼굴을 살펴보았다.

주색잡기에 빠져 있던 왕들 중 폭군이 아닌 왕은 역사상 단 한 명도 없었다.

국왕은 최근 점점 더 성정이 사나워지고, 화를 참지 못하며, 지위 고하를 막론하고 손찌검까지 하는 모습을 보아하니 폭군으로 가는 길을 착실하게 밟아 가고 있는 듯 보였다.

"대전의 분위기가 가라앉아 있는 것이 뭔가 큰일이 벌어진 모양입니다, 폐하."

"큰일, 그렇지 아주 큰일이 일어났다네. 프로커스 백작이 자기 군대를 데리고 갑자기 실종되어 버렸네!"

"네에?"

"믿기 힘든 말이겠지만, 방금 나간 무능한 재상이 그렇게 말을 하더군."

"호, 혹시 갑자기 급하게 병사를 움직일 일이 있었다거나 하는 것은 아니겠습니까?"

폴덴바인 백작이 혹시나 하는 표정으로 물었다.

"그런 건 아닌 것 같더군."

"이거 큰일이군요!"

그런데 국왕의 말을 받아 주는 폴덴바인 백작의 놀라는 모습이 묘하게 과장된 느낌이 들었다. 그리고 국왕은 느끼지 못하고 있지만, 폴덴바인 백작 스스로는 꽤나 어색해했다.

폴덴바인 백작은 리카이엔의 실종에 대해 미리 알고 있었기 때문이다.

며칠 전, 폴덴바인 백작은 비밀스럽게 전달된 한 통의 편지를 받았다.

그 편지에는 써클루스와의 싸움을 위해 조만간 모습을 숨길 거라는 내용과 반드시 다시 돌아올 거라는 내용, 그리고 브렌 왕국 내에서 조심해야 할 귀족들의 명단이 적혀 있었다.

"마침 잘 왔네. 원래는 다른 이야기를 하려고 불렀지만, 지금은 쓸데없는 얘기를 할 때가 아니군. 폴덴바인 경에게 부탁을 하나 하고 싶은데?"

"무엇이든 명만 내려주십시오."

무슨 일을 시킬지는 뻔했다.

사실 폴덴바인 백작도 그 일을 자신이 맡기 위해 온 것이다. 그래야만 리카이엔을 찾는 일을 더디게 진행시킬 수 있기 때문이다.

물론, 폴덴바인 백작 역시 리카이엔이 어디에 몸을 숨기고 있는지는 몰랐다.

하지만 국왕의 명을 받고 국가의 단위에서 찾기 시작한다면 리카이엔이 원하지 않는 때에 모습을 드러내게 될지도 몰랐다. 그런 상황을 막고 싶은 것이다.

"고맙네. 그대가 프로커스 백작을 찾는 일을 맡아 주었으면 하는데… 할 수 있겠는가?"

예상대로였다. 폴덴바인 백작은 그동안 국왕과의 관계를 진전시켜 온 보람이 있다는 생각을 하며 급히 고개를 숙였다.

"폐하의 명을 받들어 반드시 프로커스 백작을 찾아내겠습니다!"

"고맙네. 사람을 붙여 줄 테니, 자네 수하라 생각하고 부리도록 하게."

"네?"

여기까지는 생각지 못했던 일이라 폴덴바인 백작이 조금 놀란 표정으로 되물었다.

하지만 국왕은 별다른 말 대신 자리 옆에 놓인 테이블에서 종이와 펜을 들어 무언가 간단하게 적어 내려갔다. 그리고 그것을 폴덴바인 백작에게 건넸다.

"이걸 받게."

폴덴바인 백작이 다가가 종이를 건네받았다. 종이에는 이름 하나와 짧은 설명이 한 줄 써 있었다.

의전관 매그니언 셀튼 백작
왕실 첩보부 부장.

'흡!'

대부분의 국왕들이 자신만의 비밀스러운 정보 기관을 두든 것은 흔한 일이었다. 하급의 영주들조차도 자신만의 정보 조직을 두고 필요한 정보들을 구하는데 국왕이라면 더욱 필요한 조직이었다.

하지만 그러한 조직들은 있으려니 하고 생각만 할 뿐, 그 실체를 제대로 확인할 수는 없다.

국왕을 위해 어떤 더러운 일도 서슴지 않고 할 수 있는 그들의 존재가 외부에 드러나는 것은 지극히 곤란한 일이기 때문이다.

종이에 써 있는 왕실 첩보부라는 조직은 폴덴바인 백작이 단 한 번도 들어본 적이 없는 곳이다. 그런데도 존재한다는 사실과 그 이름으로 보아, 아마도 국왕의 비밀 정보 기관일 터.

폴덴바인 백작은 지금 단 한 번도 외부에 공개된 적이 없는 그 조직의 실체를 확인하고 있는 것이다.

하지만 놀라는 것도 잠시, 폴덴바인 백작이 얼른 뒷걸음질 치며 물러나 고개를 숙였다.

"폐하의 명을 받들어 꼭 프로커스 백작을 찾아내겠습니다."

"믿고 있겠다."

§ § §

"리크 형!"

작은 아이가 도도도 뛰어 리카이엔의 품에 답삭 안겨 들었다.

리카이엔이 아이를 안아 들며 평소에는 잘 보이지 않는 눈빛을 보내며 물었다.

"라이 님, 잘 지내셨습니까?"

아이는 한때 리카이엔이 보호하고 있다가 아트룸 길드에 의해 은거지로 옮겨와 지내고 있는 루오 왕국의 막내 왕자, 라이너스 왕자였다.

"응! 여기가 왕궁보다 훨씬 좋아!"

라이너스가 천진난만하게 활짝 웃으며 말했다.

"그러시다니 다행이군요."

대답하던 리카이엔의 시선이 다시 앞으로 향했다. 누군가 자신을 향해 다가왔기 때문이다.

세이나와 비슷한 또래의 아가씨였다. 화사한 금발 머리와는 꽤나 대비되는 청순한 얼굴의 여자. 리카이엔은 그녀가 라이너스를 보며 포근하게 웃는 것을 보고는 여자의 정체를 짐작할 수 있었다.

리카이엔이 라이너스를 조심스레 바닥에 내려놓고, 눈앞의 여자를 향해 인사를 했다.

"제로니 공주님이신 모양이군요. 리카이엔이라고 합니다."

리카이엔의 정중한 인사에 여자가 살짝 고개를 숙였다.

"이제는 공주라고 불릴 만한 위치가 아니지만, 제 이름이 제로니인 건 맞습니다. 라이에게 잘 대해 주셨다고 들었는데, 뒤늦게 감사를 드립니다. 그리고 저를 부르실 때는 공주라는 호칭은 빼 주시면 감사하겠습니다."

"알겠습니다, 제로니 님. 저도 라이 님이 잘 지내시는 걸 보니 마음이 편하군요. 지내시는데 불편함은 없으십니까?"

그때 리카이엔 뒤에 서 있던 조엘이 불쑥 끼어들었다.

"인마, 여기 주인은 난데 왜 니가 그런 걸 물어보냐? 그리고 내가 손님을 불편하게 할 야박한 놈인 줄 아냐?"

리카이엔이 저도 모르게 고개를 갸웃거렸다. 조엘의 목

소리에 잔뜩 긴장감이 배어 있었기 때문이다.

'뭐야?'

뒤에 있는 조엘을 향해 시선을 준 후에야 리카이엔은 어찌 된 일인지 알 수 있었다.

'쯧, 이놈이나 저놈이나.'

제로니를 바라보는 눈이 천 마디 말보다 확실하게 조엘의 감정을 알려 주고 있었다.

조엘이 제로니를 향해 마음을 주고 있었던 것이다.

리카이엔이 피식 웃으며 한마디 하려는데, 조엘은 리카이엔을 깔끔하게 무시한 채 제로니를 향해 다가가 말을 건넸다.

"별일은 없으셨습니까? 일전에 말씀하신 책은 같은 저자의 것으로 모두 모아서 보내도록 했는데 빠진 것은 없었는지요?"

"아닙니다. 좋아하는 작가인데 덕분에 행복하게 읽었답니다. 거듭 감사를 드려요."

이야기를 나누는 두 사람의 모습을 보며 카이스가 슬쩍 다가와 물었다.

"저거 혹시……."

"어, 그래. 조엘 자식 눈이, 니가 아네스 볼 때의 딱 그 눈빛이다."

"큭!"

꽤나 푹 빠진 모습이다. 그리고 제로니 역시 그런 조엘의 마음이 싫지는 않은 표정이다.

두 사람을 보던 카이스가 걱정스러운 표정으로 말했다.

"그래도 괜찮을까?"

"뭐가?"

"뭐 서로 좋으면 상관이 없기는 하지만, 그래도 저 공주님은 왕족이고 조엘은 따지자면 암흑가의 큰손 정도 되잖아. 어째 좀……."

그 말에 리카이엔이 다른 이들에게는 들리지 않도록 작은 목소리로 속삭였다.

"왕족이래 봐야 이제는 망한 나라잖아. 그리고 니 말처럼 서로 좋으면 됐지. 게다가 저 제로니라는 공주는 여기 생활이 마음에 드는 모양인데?"

"응?"

"저 손 안 보이냐?"

리카이엔의 말에 카이스가 슬쩍 제로니의 손 쪽으로 시선을 던졌다.

왕궁에서만 귀하게 지냈을 공주의 손이 생각보다 거칠다. 군데군데 굳은살이 박이고, 굳은살의 갈라진 틈으로 흙이 끼어 있었다.

아마도 이 은거지에서 농사라도 짓고 있는 모양이었다.

"음, 대단하다고 해야 되나?"

"듣자 하니 루오 왕국 왕가는 아주 제대로 콩가루 집안이었던 모양이던데, 그런 걸 생각하면 차라리 여기가 더 마음이 편했을 수도 있지."

정복전쟁 당시 루오 왕가는 1왕자와 3왕자 사이의 후계자 다툼이 치열했다. 후계자 다툼과 상관도 없는데 그 살벌한 분위기에 끼어 살며 막내 동생을 돌보던 제로니의 입장에서는, 그런 걱정을 하지 않아도 되는 이곳이 차라리 마음이 편할 수도 있었다.

"하긴, 싫었으면 저렇게 편안한 표정을 짓고 있지는 않겠지."

"내 말이."

그사이 대화를 마친 제로니가 두 사람을 향해 말했다.

"일단 안으로 들어가시지요."

"네, 감사합니다."

자신의 군대를 잘 숨긴 리카이엔과 카이스는 원래 이곳으로 올 예정이 아니었다. 아트룸 길드가 가지고 있는 은거지 중 비어 있는 곳으로 가서 나중을 위한 준비를 할 예정이었다. 그런데 라이너스가 리카이엔을 찾는 일이 잦아져, 조엘이 특별히 부탁을 해서 이곳으로 온 것이다.

물론, 지금 보니 조엘은 제로니에게 잘 보이기 위해 그런 것 같지만 어쨌든 리카이엔도 라이너스가 아직까지 해맑은 웃음을 가지고 있는 것을 보니 조금은 마음이 편했다.

제로니의 안내를 받아 도착한 곳은 작은 숲 속의 오솔길 끝에 자리 잡은 꽤나 큼직한 저택이었다. 전쟁 중에 죽은 2왕자와 3왕자를 제외한 다섯 가족이 생활하기에는 충분해 보였다.

"원래는 이곳이 아니었는데 조엘 님께서 다시 이곳으로 구해 주셨답니다."

그 말을 들은 리카이엔과 카이스는 저도 모르게 터져 나오려는 웃음을 꾹 참아야 했다. 너무 속이 빤히 보인 탓이다.

그렇게 느긋하게 숲속을 걸어 저택 앞에 거의 도착할 때쯤이었다.

갑자기 저택의 정문이 열리며 한 남자가 튀어나왔다. 리카이엔과 비슷한 또래로 제로니와 같은 금발에 가늘고 긴 눈을 가진 남자였다. 이 저택에서 저 나이 또래의 사내라면 딱 한 사람, 데커스 1왕자밖에 없었다.

저택에서 뛰쳐나온 데커스가 이쪽으로 후다닥 달려오더니 다른 사람은 눈에 보이지도 않는지 조엘을 향해 말을 걸었다.

"조엘 공, 이제 오셨소? 내 조엘 공을 기다리느라 목이 길어질 뻔했소이다."

조엘이 잠시 똥이라도 씹은 것 같은 표정을 짓더니 이내 억지로 웃음을 지으며 말했다.

"그간 별일은 없으셨습니까?"

"별일이 참 많았지. 그중 가장 큰 별일은, 조엘 공이 자주 오지 않아서 생긴 별일이오."

"하하, 그러셨군요."

이게 무슨 상황인가 싶어 분위기를 살피던 리카이엔의 눈에, 갑자기 울적한 표정을 짓고 있는 제로니의 모습이 들어왔다. 아무래도 오빠인 데커스의 이런 모습이 마음에 들지 않는 듯했다.

그러는 동안에도 조엘과 데커스의 대화는 쭉 이어지고 있었다.

"그래, 내가 저번에 말했던 그 준비는 어떻게 되어 가고 있소? 조엘 공이 그것만 준비해 주면, 내 당장이라도 왕국을 되찾을 수 있소이다. 그렇게만 된다면 조엘 공에게 당장 우리 왕국의 공작위를 하사할 것이오!"

"말씀은 감사하지만, 그 준비라는 것이 사실 실현이 힘든 일인지라……."

"그게 무슨 말이오? 조엘 공의 능력이라면 충분한 일이 아니오? 내 앞에서까지 그리 겸손할 필요는 없소."

"그런 것이 아니라……."

조엘이 난감한 표정을 짓고 있는데 갑자기 어디선가 낯선 소리가 들렸다.

"큭!"

고개를 돌려보니 리카이엔이 웃음을 짓고 있었다.

한쪽 입꼬리를 과장되게 말아 올리고 있는 경멸 가득한 미소.

아직까지 제대로 상황을 파악하지 못한 데커스가 조엘을 향해 물었다.

"조엘 공, 이 사람들은?"

조엘이 나서며 소개를 하려는데, 리카이엔이 먼저 말했다.

"브렌 왕국의 프로커스 백작이오."

"흡! 프로커스 백작!"

데커스의 얼굴이 기괴하게 일그러졌다.

지난 정복전쟁 당시, 루오 왕국과의 전투에서 가장 이름을 날린 리카이엔에 대해 알고 있기 때문이다.

"당신이 데커스로군."

"무엄하다! 어디 감히 일국의 왕자의 이름을 함부로 부르는가!"

"지랄하네. 일국의 왕자? 네가 도대체 어느 나라의 왕자라는 거지? 아아, 그 망해 버린 루오 왕국을 말하는 건가? 이미 사라진 나라의 왕자가 함부로 자기 이름을 내밀다니 환장하겠군. 그러다 뒈져도 다 자기 책임이라는 건 알고 있나?"

생각지도 못한 리카이엔의 험상궂은 반응에 모두의 표정

이 딱딱하게 굳었다.

"나를 모욕하겠다는 건가! 우리 왕국이 그렇게 되도록 만든 장본인이 그런 말을 하다니!"

"풉! 지랄하네!"

"뭐, 뭐라고?!"

"당시에 먼저 쳐들어온 게 누구였는지는 기억이 안 나는 모양이군."

"그 전쟁은 아크로니아 산악 지대의 소유권을 두고 벌어진 전쟁이다. 그 전쟁이 어째서 본토까지 침입해 온 전쟁으로 번진 것이냐?"

리카이엔의 입가에 떠오른 경멸 어린 미소가 한층 짙어졌다.

눈앞에 있는 데커스가 어떤 인간인지 단번에 알 수 있는 대화였다. 모든 일을 자기 입장에서 자기 식대로 해석하고 수틀리면 남의 탓으로 돌리는 인간의 전형.

"전쟁하기 전에 어디까지만 두고 전쟁하자고 미리 얘기하고 하는 전쟁이 있나 보네?"

"브렌 왕국과 우리 루오 왕국은 그 산악 지대를 두고 오랜 세월 충돌했다. 그렇다면 굳이 이야기를 하지 않아도 그렇게 보아야 하는 것 아니냐?"

"도대체 왜? 어차피 약한 놈은 살아남지 못하는 법이다. 너희도 처음부터 우리가 델로스 왕국과 전쟁을 벌이니까,

남부 경계가 약해졌다고 판단하고 기습했던 것이 아니냐?"

"확전은 원하지 않았다!"

"크크크, 지랄하네. 좋아, 니 말대로 브렌 왕국이 나쁜 놈이라고 치자. 그래서 이제 와서 뭘 어쩔 건데?"

"당시에는 본토까지 쳐들어올지 몰라서 대비를 못했던 것뿐이다. 조엘 공이 자금과 병력만 도와준다면, 아직 남아 있는 루오 왕국의 귀족들을 회유해서 충분히 나라를 수복할 수 있다!"

"큭, 조엘이 왜 널 도와줘야 되는데?"

"그 일이 성공하면 조엘 공에게 루오 왕국의 공작위를 약속했다."

"조엘은 그런 거 필요 없을 텐데? 안 그러냐, 조엘?"

갑작스러운 물음에 조엘이 당황한 표정을 지으며 머뭇거렸다.

"어? 응? 그, 그게……."

"사내자식이 자기 생각도 확실하게 말 못하냐?"

그 말에 조엘이 리카이엔을 향해 원망스러운 표정을 지어 보였다. 하필이면 제로니가 있는 자리에서 이런 얘기를 하니 참으로 난감했던 것이다.

사실대로 말하려면 필요 없다고 얘기해야 되는데, 그렇게 되면 제로니의 오빠인 데커스의 마음을 상하게 해야 했다. 조엘로서는 이러지도 저러지도 못하는 상황인 셈이다.

사실 지금까지 데커스에게 확실하게 의사 표현을 못한 이유도 그것이었다.

그런데 이렇게 몰리게 되니 대답을 안 할 수 없게 된 것이다.

데커스도 뭔가 기대하는 표정으로 자신을 바라봤다.

이럴 때 애매하게 대답했다가는 아마 들어줄 때까지 코가 꿸 상황이었다.

어쨌든 이 상황까지 온 마당에 대답을 안 할 수는 없는 노릇이다.

"하하, 사실은 작위라는 것이 좀 부담스러워서 말입니다."

순간 데커스의 표정이 살벌하게 변하더니 버럭 소리를 질렀다.

"조엘 공은 제로니를 좋아하는 게 아니었소? 내가 제로니의 친오빠라는 사실을 모르지는 않을 텐데? 게다가 나라를 잃고 숨어 다니는 여자보다는, 한 나라의 공주가 아내로서 더 좋을 텐데?"

조엘의 표정이 충격으로 물들었다.

자신이 제로니를 좋아하는 것도 사실이고, 그 사실에 대해 제로니 역시 눈치를 채고 있었지만 아직까지 그에 대해서는 이야기를 못하고 있었다. 그런데 데커스가 그 말을 해 버린 것이다. 조엘로서는 절대 반갑지 않은 상황.

그때 갑자기 앙칼진 외침이 터져 나왔다.

“오라버니!”

지금까지 울적한 표정을 짓고 있던 제로니였다.

데커스가 반색을 하며 말했다.

“그래, 제로니. 네가 말해 보아라. 너 역시 망국의 공주라는 수식어는 싫지 않으냐? 다시 왕궁으로 돌아가고 싶다고 조엘 공에게 말해라.”

하지만 제로니는 단호하게 고개를 저었다.

“저는 왕궁으로 돌아가고 싶지 않아요.”

“뭐? 그렇다면 이런 숲에 처박혀서 농사나 짓는 것이 더 좋단 말이더냐!”

“네, 저는 지금의 생활에 충분히 만족하고 있어요. 더 이상 후계 다툼도 없고, 살벌한 분위기도 없고, 답답한 생활도 없는 이곳이 좋아요. 만약 오라버니가 왕국을 되찾고 싶다면, 죄없는 조엘 공을 괴롭히지 말고 오라버니 혼자의 힘으로 하세요!”

“제로니, 네가 감히 이 오라비에게 그런 말을 한단 말이냐! 지금 내 상황으로는 혼자서는 힘들다는 것을 알면서도 그런 말을 해?!”

“그렇다면 깨끗하게 단념하세요. 아무것도 할 줄 모르면서 남의 힘으로 무엇을 하시겠다는 거죠? 그렇게 해서 설사 왕국을 되찾는다고 해서 오래갈 수 있다고 생각하세요?

이제 그만 포기하세요!"

매몰찬 제로니의 외침. 순간, 데커스의 손이 번쩍 치켜 올라갔다. 그리고 조금의 틈도 없이 그대로 제로니의 뺨을 향해 휘둘러졌다.

옆에 있던 조엘이 반사적으로 그 손을 막으려는 찰나.

"어억!"

쿠웅!

갑자기 데커스의 몸이 기우뚱하더니 뒤로 넘어가 버렸다.

조엘이 반응하기도 전에 라이너스가 달려가 데커스를 밀어 버린 것이다.

"라이너스!"

짜아악, 쿵!

헛되이 허공을 훑었던 데커스의 손이 라이너스의 뺨을 후려쳤다. 당연히 어린 라이너스의 몸뚱이가 옆으로 휙 날아가며 바닥을 굴렀다.

"라이너스!"

깜짝 놀란 제로니가 황급히 동생을 향해 달려가고, 그와 동시에 리카이엔이 움직였다.

"살아갈 가치가 없는 쓰레기로군!"

싸늘한 기운이 데커스의 목에 와 닿았다.

리카이엔의 등에 매어져 있던 철창이 데커스의 목 앞에 가 있었다.

"전쟁 중에도 여자와 어린아이는 해치지 않는 법이다. 하물며 자기 동생들을?"

"흥! 형제의 마음을 몰라주는 동생 따위 없어도 그만이다."

"크흐흐, 그럼 저들 입장에서는 네가 뒈져도 상관 없겠군!"

"뭐, 뭐라고? 지금 나를 죽이겠다는 거냐?!"

"살고 싶으면 실력으로!"

말이 끝나기가 무섭게 리카이엔의 철창이 한껏 뒤로 젖혀지더니 이내 싸늘한 바람을 머금었다.

"커헉!"

순간, 데커스의 입에서 신음이 터져 나오며 그의 몸뚱이가 스르르 옆으로 넘어갔다.

물론, 철창은 그의 털끝 하나 건드리지 않았다. 단지 리카이엔의 기세에 놀라 기절해 버린 것뿐이다. 볼썽사납게 오줌까지 지린 채로.

하지만 리카이엔은 데커스에게는 눈길도 주지 않은 채 라이너스를 향해 다가갔다.

"괜찮으십니까, 라이 님?"

그 말에 멍한 표정으로 주저앉아 있던 라이너스가 뺨이 빨갛게 퉁퉁 부어오르고 눈에는 눈물이 그렁그렁한데도 불구하고 억지로 웃으며 몸을 일으켰다.

"괜찮아요! 라이는 아무렇지도 않아요!"

그 모습을 본 리카이엔이 환한 얼굴로 웃으며 말했다.

"라이 님은 정말 훌륭한 남자군요. 앞으로 저보다 훨씬 더 강한 남자가 되실 것 같습니다."

"와아, 정말요?"

"물론이지요. 그렇지 않습니까, 제로니 님?"

리카이엔이 사과의 눈빛을 담아 그렇게 물었다. 울적한 표정을 짓고 있던 제로니가 힘겹게 미소를 지으며 대답했다.

"물론이죠. 우리 라이가 나중에 크면 이 누나를 지켜 주겠다고 했는걸요?"

"그랬군요. 그러려면 라이 님이 아주 열심히 노력하셔야겠는데요?"

"응, 당연하죠. 라이, 열심히 할 거예요!"

"하하, 알겠습니다. 나중에 저도 꼭 도와드리겠습니다!"

"응응! 정말이죠? 약속, 약속이에요!"

"물론입니다."

겨우 분위기가 수습된 후, 리카이엔이 조엘을 향해 말했다.

"내 생각에는 저 머리 나쁜 왕자는 여기서 내보내는 게 정답일 거 같은데?"

"응?"

조엘이 놀란 표정으로 물었다.

그래도 제로니의 오빠인데 어찌 그런 짓을 한단 말인가. 게다가 데커스 때문에 마음까지 들켜 버린 마당에 그런 짓을 하기가 꺼려졌다.

그때 제로니가 앞으로 나서며 말했다.

"아니요. 제가 부탁드릴게요. 힘드시다는 건 알지만, 그렇게 해 주세요. 사실은 아버님도 어머님도 지금의 생활에 적응하고 과거를 생각하지 않고 계세요. 오라버니와 함께 있다면 부모님도 고통스러우실 거예요."

생각지도 못한 말에 조엘이 바로 대답하지 못하고 멍한 표정을 지었다.

그때 리카이엔이 다가와 다른 사람에게 들리지 않게 귓속말로 말했다.

"넌 니가 좋아하는 여자가 뭘 원하는지도 모르고 있었냐? 나 같으면 이미 벌써 저거 치웠다."

겨우 정신을 수습한 조엘이 심각한 얼굴로 고개를 끄덕였다.

"제로니 님이 원하신다면 무엇이든 할 수 있지요. 알겠습니다, 앞으로 데커스 님과 마주치는 일은 없을 겁니다."

"그래도 한때 가족이었으니 너무 박해하지만 말아 주세요. 그 정도면 충분해요."

"하하, 제가 누굽니까? 걱정 마십시오."

말을 끝내는 동시에 조엘이 주위를 향해 가볍게 손짓을 했다. 그러자 복면을 뒤집어쓴 다섯 명의 사내가 툭 튀어나와 조엘 앞에 무릎을 꿇었다.

조엘이 별다른 말도 필요 없다는 듯, 턱짓으로 기절해 있는 데커스 왕자를 가리켰다. 그리고 복면인들이 대답도 없이 곧장 데커스 왕자를 데리고 사라졌다.

수하들이 완전히 사라진 후, 조엘이 제로니를 향해 조심스레 말했다.

“부모님께는 잘 말씀해 주십시오.”

“걱정 마세요. 그저 탈 없이 지내기만 한다면 부모님도 그리 신경 쓰지는 않으실 거예요. 괜히 저희 오라버니 일로 조엘 님께 부담을 드리는 거 같아서 죄송해요.”

“별말씀을요. 그 정도는 조금도 힘들지 않습니다!”

“네, 감사해요. 일단 안으로 들어가시죠.”

그때 리카이엔이 제로니를 향해 말했다.

“저희는 이만 돌아가는 게 좋을 것 같습니다.”

제로니가 깜짝 놀란 표정으로 물었다.

“네? 그게 무슨 말씀이세요?”

“생각해 보니 부모님께서 저희를 편하게 보실 수는 없을 것 같습니다. 괜히 좋지 않은 기억을 떠올리게 할 것 같군요. 라이 님도 만났고, 잘 지내시는 걸 봤으니 그걸로 충분합니다.”

라이너스가 후다닥 뛰어와 리카이엔의 바짓자락을 잡고 물었다.

"리크 형, 그냥 가는 거예요?"

"아무래도 그래야 될 것 같습니다."

"좀 더 있다 가지……."

아쉬운 표정을 짓는 라이너스를 보며 리카이엔이 그 앞에 쪼그리고 앉았다.

그리고 두 손으로 라이너스의 어깨를 잡으며 조용히 말했다.

"원래 훌륭한 남자가 되려면 어쩔 수 없이 참아야 되는 일도 있는 법이랍니다. 라이 님의 부모님 때문만이 아니라도, 지금 저는 아주 급한 일이 있습니다. 오래 머물고 싶지만 그럴 수가 없지요. 대신, 일이 끝나면 찾아와서 오랫동안 지내다가 가겠습니다."

라이너스가 고개를 푹 숙인 채 침을 꼴깍꼴깍 삼켰다. 그리고 씩씩한 표정으로 고개를 끄덕였다.

"알았어요. 대신 나중에 놀러 오면 라이하고 오래 놀아 줘야 돼요!"

"알겠습니다. 대신 라이 님께서도 훌륭한 남자가 되서 제로니 님과 부모님을 잘 지켜 주셔야 합니다. 그럼 약속한다는 의미로 악수할까요?"

리카이엔이 불쑥 손을 내밀었다. 라이가 재빨리 리카이

엔의 손을 맞잡았다.

"알았어요. 약속할게요."

"하하, 네."

"근데 리크 형 손바닥이 되게 딱딱해요."

"수련의 결과입니다. 훌륭한 남자가 되려면 절대 수련을 게을리하면 안 되거든요."

"헤에, 그럼 리크 형은 훌륭한 남자네요?"

"아닙니다. 하지만 그렇게 되려고 노력 중이랍니다."

"응, 알았어요!"

그 대화를 끝으로 리카이엔과 카이스는 발걸음을 돌렸다.

그리고 조엘은 기분이 좋은 것 같기도 하고 씁쓸한 것 같기도 한 표정을 지으며 제로니, 라이너스와 함께 저택으로 걸어갔다. 슬쩍 보니 조엘을 보는 제로니의 얼굴이 원래보다 한층 더 부드러워져 있었다.

§ § §

"흐음, 여기인가?"

카이스가 천천히 주위를 둘러보며 말했다.

지금 그가 서 있는 곳은 사방이 절벽으로 둥그렇게 둘러싸여 있는 커다란 분지 안이었다. 거대한 원통의 내부와 같은 지형이었다. 외부에서 이곳으로 들어오는 길은 철저하게 숨겨져 있기에, 들어오려면 절벽을 타고 내려와야 하는 곳.

아트룸 길드의 수십 은거지 중 하나였다.

"괜찮네요. 여기라면 절대 못 찾을 것 같은데요?"

프리엘라의 말이었다.

그리고 함께 온 테하스 역시 고개를 끄덕이며 말했다.

"버르장머리 저놈이 이상하게도 친구 복이 있는 것 같단 말이야."

그리고 리카이엔이 피식 웃으며 말했다.

"이상한 게 아니고 당연한 거요. 나 정도 되면 친구들도 원래 능력이 좋은 법이거든."

"쯧쯧, 자기가 되게 잘난 줄 아는 버르장머리 같으니라고."

"크흐흐, 아무튼 조엘. 잘도 이런 곳에다가 은거지를 만들어 놨구나."

그 말에 조엘이 자랑스러운 표정으로 턱을 치켜들며 말했다.

"후후, 내가 좀 대단하기는 하잖냐."

"큼, 뭐 그렇다고 인정해 주마."

"저 자식, 말하는 거 하고는. 아무튼 이제부터 한동안은 조용히 지내야겠구나."

"그래야지. 뭐 좀 준비할 것도 있고."

리카이엔의 말에 조엘이 고개를 갸웃거리며 물었다.

"준비는 밖에서 하는 거 아니냐? 넌 그냥 여기서 시간이나 죽이는 게 전부잖아."

하지만 리카이엔은 고개를 저었다.

"가만히 있는다고 뭐가 되는 것도 아니고, 수련이나 해야지."

"헉! 수련? 지금 니 수준에서 또 수련할 게 남아 있냐?"

조엘이 진심으로 놀란 표정을 지으며 물었다.

항상 티격태격하지만 리카이엔의 실력에 대해서 만큼은 인정하고 있기에 나오는 반응이었다.

리카이엔이 피식 웃으며 대답했다.

"상대해야 될 놈들이 괴물이니, 우리도 그에 상응하는 수준이 되어 줘야지."

원래부터 그럴 작정으로 이곳에 들어온 것이다. 외부에서의 준비는 따로 지시를 해 두었으니, 더 이상 크게 신경 쓰지 않고 수련을 할 수 있을 거라 생각한 것이다.

그러면서 리카이엔이 슬쩍 테하스를 향해 말했다.

"할망구가 좀 도와주쇼."

"뭐? 내가?"

"할망구도 한 번 겪은 적 있지 않소? 그걸 좀 제대로 써먹어 봐야 될 것 같다는 생각이 들어서."

"아아, 그것 말이구나."

테하스의 머릿속에 떠오른 것은, 바로 임페티스 폭포에

서 싸울 때 갑자기 튀어 나왔던 기묘한 힘이었다. 당시 혼향을 느끼며 이상하다고 생각했었다.

정복전쟁 당시 로바인 후작, 지금은 승작하여 기병 장관이 된 로바인 공작이 리카이엔에게 묘한 기운이 섞여 있다고 말한 적이 있었다. 리카이엔은 그때부터 그 힘을 끌어올릴 방법을 고민하고 있었다. 그리고 테하스가 그것을 도와줄 수 있으리라 여긴 것이다.

"그래, 그건 한 번 해 봐야겠구나."

"크흐흐, 고맙수. 그럼 오늘부터 죽었다고 생각해야겠구만. 어, 카이스 너도 마찬가지다. 괜히 딴청 피우지 마."

순간 괜히 먼산을 보고 있던 카이스가 뜨끔한 표정으로 외쳤다.

"내, 내가 왜?!"

"넌 그놈들하고 안 싸울 거냐?"

"그, 그런 건 아니지만!"

"잔말 말고 해!"

# Chapter 3.

## 1년 후

"놈들은?"

두 눈에 잔뜩 살기를 머금은 채 묻는 크로한의 목소리는 여느 때와는 달리 꽤나 신경질적이고 조급한 감이 묻어 있었다.

그리고 크로한 앞에 머리를 조아리고 있는 세 사람 중 가장 오른쪽에 있던 로반의 얼굴이 공포로 일그러지고 있었다. 크로한이 이런 감정을 보일 때 그 앞에 있는 이들이 어떻게 죽어 갔는지 아주 잘 알고 있기 때문이다.

"요, 용서를!"

다른 말은 생각나지도 않았다. 아니, 사실 그 말조차 할 필요가 없었다. 어떤 말을 하든 만족스러운 결과를 내지 못한 자는 온몸이 완전히 짜부라져 한 줌의 먼지가 되어 버린다는 사실을 알기 때문이다.

저벅!

귓가에 천둥처럼 울려 퍼지는 묵직한 발소리에 로반은 저도 모르게 두 눈을 질끈 감았다.

반항을 한다거나, 기습을 해 이 자리를 벗어나겠다는 따위의 일은 생각도 할 수 없다. 그래 봐야 더욱더 처절한 고통 속에서 죽어 가야 한다는 사실을 잘 알기 때문이다.

'끄윽!'

소리도 없이 짙은 신음을 집어 삼킨다. 숨을 쉬는 것조차 잊은 채 더욱더 몸을 웅크린다. 지금 할 수 있는 일은 더욱더 고개를 조아리고 몸을 웅크린 채, 크로한이 잠깐의 변덕으로 자신을 살려 주기로 마음먹기를 기도하는 것밖에 없었다.

찰나의 시간이 영겁보다 길게 느껴졌다. 이대로 숨을 쉬는 것을 잊어 질식해 죽는 것이 낫겠다는 생각이 로반의 머리를 스칠 쯤이었다.

"마지막이다."

크로한의 목소리가 들려왔다. 그는 이제 곧 죽을 인간에게 말을 하는 비효율적인 일은 절대 하지 않는 성격이었다. 다시 말해 죽이지 않겠다는 의미. 로반의 기도가 하늘에 닿았는지, 아주 잠깐의 변덕이 생긴 것이었다.

"더 이상의 기회는 없다."

쿠웅!

참았던 숨을 토해 낼 겨를도 없이 로반이 바닥에 머리를 찧으며 외쳤다.

"절대 실망시키지 않겠습니다!"

바닥을 찧은 이마에 뜨뜻한 무언가가 흘렀지만 고개를 들 엄두조차 나지 않았다. 크로한이 또 한 번 변덕을 부리지 않을 거라 장담할 수 없기 때문이다.

하지만 더 이상의 변덕은 없는지 크로한의 시선은 두 번째 부복하고 있는 이에게로 옮겨 갔다.

"아론, 진행은?"

"모든 준비가 끝났습니다. 명령만 내려주시면 언제든 시작할 수 있습니다."

"황제는?"

"예, 그것이 최근 묘한 움직임을 보이고 있기에 조사를 진행 중입니다."

"묘한 움직임?"

"묘하다기 보다는… 정확하게 말씀드리면, 아주 난잡한 생활을 하고 있습니다."

"난잡?"

크로한이 이해할 수 없다는 표정으로 되물었다.

"예, 그렇습니다. 밤마다 서너 명의 여자들을 침실로 불러들인다고 합니다."

"그게 사실이더냐?"

크로한이 불신 가득한 목소리로 물었다.

제국의 크리온테스 황제는 독선적이고 호전적인 성격이기는 하지만, 주색을 즐기는 인물은 아니었다. 그런 그가 난잡한 생활을 하고 있다니 생각도 해 보지 않은 일이었던 것이다.

"그렇습니다. 낮에는 정상적으로 정사를 보는 것 같기는 합니다만, 밤만 되면 술과 여자에 빠져 지내고 있습니다."

아론의 대답을 들은 크로한의 얼굴에는 짙은 의구심이 떠올랐다.

"그 붉은 머리의 황제가 여자라……."

사람의 행동이 변하는 이유는 생각이 변하기 때문이다. 그리고 생각의 변화라는 것은 꼭 눈에 보이는 방향으로만 변하는 것은 아니었다. 더군다나 그 장본인이 그로니스 제국의 크리온테스 황제라면 더욱더 의심을 해 봐야 했다.

'무얼 숨기려는 거지?'

그런 크로한의 생각을 읽었는지 아론이 급히 설명을 덧붙였다.

"그렇지 않아도 뭔가를 감추기 위한 연막일 수도 있다는 생각에 깊이 조사를 하고 있습니다."

"하나도 놓치는 일이 없도록 철저하게 파헤쳐라."

"명심하겠습니다!"

아론의 대답이 끝나고 크로한의 시선은 가장 끝에 앉아 있는 여자에게로 향했다.

"루디아, 브렌 왕국쪽은?"

잔뜩 움츠리고 있던 루디아가 부르르 어깨를 떨며 기어 들어 가는 목소리로 말했다.

"그, 그것이……."

"문제가 있느냐?"

"다름이 아니라, 폴덴바인 백작 쪽의 움직임이 심상치가 않습니다."

"폴덴바인? 리몬 백작의 세력을 그대로 흡수했던 폴덴바인 백작을 말하는 것이냐?"

"예, 그렇습니다."

"그가 무슨 문제라도?"

"최근 들어 우리쪽에 포섭된 귀족들의 움직임에 상당한 견제를 가하고 있습니다. 여차하면 실력 행사라도 할 기세입니다. 그 탓에 움직이기가 조심스러워……."

"겨우 그 정도 일로 눈치를 보며 움직인단 말이냐?!"

"하지만 반쯤 정신이 나가 버린 브렌 국왕은 폴덴바인 백작에게만 의지하고 있는 상황입니다. 이대로 밀어붙이다가 잘못하면 브렌 왕국 자체가 내전에 휩싸일 가능성도 배제할 수가 없습니다. 그 경우 제국의 황제가 예상치 못한 움직임을 보일 수도 있고, 그것이 우리의 계획에까지 차질을 빚을 수도 있다는 생각에…….”

“멍청한 것! 겨우 그 정도에 틀어질 정도로 우리가 힘이 없었더냐!”

“죄송합니다!”

“돌아가면 당장 계획대로 진행하도록 해라!”

“예, 마스터!”

루디아의 대답과 동시에 크로한이 엎드려 있는 세 사람을 향해 손을 휘저으며 말했다.

“물러가라!”

동시에 크로한의 모습이 사라지고, 세 사람도 그제야 천천히 몸을 일으켰다. 하지만 서로를 향해 시선을 주는 이는 한 명도 없었다. 그저 조용히 걸음을 옮겨 방을 빠져나갈 뿐이었다.

‘으음……. 도대체 어디에 기어들어 가 있는 것이냐?’

로반은 찢어진 이마에서 흘러내린 피가 앞섶을 흥건하게 적시고 있음에도 불구하고 지혈할 생각도 하지 못한 채 고민에 휩싸여 있었다.

‘젠장, 놈들이 이렇게 나올 줄이야…….’

일이 틀어지기 시작한 것은 다름 아닌 그론스트 백작의 결혼식 날이었다. 즉, 페르그란데 산맥을 들쑤시고 다니던 프로커스 백작을 처리하기 위해 움직인 첫 번째 전투부터 완전히 틀어져 버린 것이다.

'내가 직접 갔어야 했는데…….'

로반이 잔뜩 인상을 찡그리며 중얼거렸다.

그론스트 백작의 결혼식장을 습격하는데 동원한 정예 병력만 해도 무려 200여 명이었다.

'찢어 죽여도 시원찮을 쥐새끼 같은 놈…….'

그날의 일을 떠올리니 로반은 저도 모르게 빠득빠득 이가 갈렸다.

결혼식장을 습격했던 200의 정예병들이 습격과 동시에 전멸을 당한 것이다.

로반으로서는 상상도 할 수 없었던 일이었다. 그 병력들 사이에는 술법을 쓰는 클리먼도 상당수 포함되어 있었기 때문이다.

하지만 더욱 당혹스러운 일은 그 다음에 벌어졌다. 습격을 한 써클루스의 병력들을 전멸시킨 직후, 프로커스 백작과 그론스트 백작이 홀연히 모습을 감춰 버린 것이다. 두 백작만이 아니었다. 내성이 텅텅 비어 버린 것은 물론, 두 백작령의 기사들과 일반 병사들까지도 연기처럼 꺼져 버렸다.

그때부터 로반은 프로커스 백작과 그론스트 백작을 찾기 위해 동원할 수 있는 모든 병력을 이용해 대륙 전체를 샅샅이 뒤졌다. 하지만 거의 일 년이 지난 지금까지도 흔적조차

발견하지 못한 것이다.

그때 갑자기 누군가의 목소리가 로반의 귓속으로 파고들었다.

"사라진 프로커스 백작 때문에 꽤 골치를 앓고 있다고?"

"음?"

신경질적으로 고개를 돌린 로반을 향해 다가오는 이는 루디아였다.

"네가 신경 쓸 일이 아닐 텐데?"

"흠, 단서를 하나 주려고 했는데 필요 없는 모양이지?"

순간, 로반은 저도 모르게 귀가 번쩍 뜨이는 기분이었다.

"다, 단서?!"

무려 일 년이라는 시간 동안 페르그란데 산맥 너머의 설원에서 먼 남쪽 바다의 외딴섬까지 뒤지지 않은 곳이 없었다. 그럼에도 불구하고 찾지 못한 프로커스 백작의 종적이었다.

그런데 난데없이 단서를 주겠다고 하니 그 진위 여부는 차치하고라도 그 말을 듣는 것만으로도 잠시 정신이 멍해지는 것은 어쩔 수가 없었다.

"뭐, 뭐지? 그 단서라는 것이?"

"흥, 대가도 없이 그걸 달라고 할 정도로 염치가 없으셨던가?"

"너하고 농담할 시간 없으니 어서 말해라!"

"끝까지 이런 식으로 나오면 나도 별로 말하고 싶은 기분이 안 들 것 같은데?"

"이익!"

로반이 와락 인상을 구기며 루디아를 노려보았다.

하지만 그녀 역시 써클루스의 수뇌부 자리를 차지할 정도의 인물, 겨우 노려보는 정도로 기가 죽을 리가 없었다.

한참을 그렇게 눈싸움을 한 끝에, 결국 먼저 입을 연 사람은 로반이었다. 어찌 되었든 아쉬운 쪽에서 숙이고 들어갈 수밖에 없는 것이다.

"좋아, 원하는 게 뭐냐?"

"깔깔, 진작 그렇게 나왔어야지."

"어서 말해라!"

나지막하게 살기를 담아 말하는 로반의 모습에, 루디아도 얼굴에서 웃음기를 거두었다. 더 이상 로반을 자극해 봐야 험한 꼴밖에 안 난다는 것을 잘 알기 때문이다.

"혹시, 그거 이상하다고 생각한 적 없어?"

"그거? 이상해? 뭐가?"

"프로커스 백작 말이야."

로반으로서는 뜬금없이 나오는 말일 수밖에 없었다.

프로커스 백작이 이상하다니? 물론 이렇게나 종적을 감출 수 있다는 것이 이상하기는 하다. 하지만 루디아가 말하는 이상함이 그것을 아닐 터.

"그놈이 뭐가 이상하다는 거냐?"

"어떻게 우리 존재를 알게 됐을까?"

"뭐?"

"프로커스 백작이 갑자기 페르그란데 산맥을 조사하면서 우리를 견제한 건, 그가 우리의 존재를 알게 된 계기가 있다는 뜻이잖아. 그 계기가 뭘까?"

"흡!"

로반이 흠칫 놀라며 루디아를 보았다.

'그러고 보니 나도 궁금했던 적이 있긴 했는데…….'

처음 페르그란데 산맥으로 들어온 자들의 정체를 조사하면서 품었던 의문이었다. '누가' 써클루스를 조사하는가보다는, '어떻게' 써클루스에 대해 알게 되었는가가 더 궁금했다. 하지만 리카이엔을 공격하고 사라진 그의 행적을 조사하는 동안 자연스레 그 의문에 대해 접어 두었던 것이다.

로반이 의미심장한 목소리로 물었다.

"그 이야기를 꺼내는 걸 보니, 뭔가 짚이는 게 있는 모양인데?"

"글쎄? 특별히 짚이는 게 있는 건 아니야. 하지만 생각해 봐. 프로커스 백작이 페르그란데 산맥을 뒤지는데 뭔가 빠진 것 같지 않아?"

"빠졌다니?"

"우리에 대해 아무것도 모르고 있던 프로커스 백작이 갑자기 우리 근거지인 페르그란데 산맥을 뒤지기 시작했거든. 그런데 여기에서 우리 조직에 대해 알고 조사를 하는 과정이 빠졌단 말이야. 마치 페르그란데 산맥에 우리가 있다는 걸 갑자기 알게 됐다는 듯이 불쑥 들이닥쳤잖아. 즉, 누군가 개입하지 않았다면 있을 수 없는 일이란 말이지."

"개입?"

"그래. 프로커스 백작이 원래부터 우리에 대해 조사를 하고 있었다면, 우리가 아무것도 모르지는 않았을 거라고. 그런데 그런 낌새도 없었는데 대뜸 페르그란데 산맥으로 왔단 말이야. 즉, 누군가 우리의 존재를 알려주고, 페르그란데 산맥에 대해서도 말을 해줬다고밖에 생각할 수 없다는 거지."

하지만 로반은 고개를 저었다.

"프로커스 백작이 오기 전에 우리에 대해 캐고 다니던 자들이 있었다."

하지만 그 내용은 루디아 역시 알고 있었는지 피식 웃으며 설명을 덧붙였다.

"캐고 다니던 이들이 있었지. 바이론 왕가의 마지막 혈통, 마녀 테하스. 그리고 그 할망구는 프로커스 백작과 긴밀한 관계이기도 하지. 하지만 테하스는 그리 깊이 조사하지 못했어. 즉, 테하스가 프로커스 백작에게 우리에 대한 정보를 넘겨줬을 리는 없다는 말이야."

"그랬나?"

"뭐, 확인할 방법은 없지만 맞을 거야. 테하스가 그렇게 깊이 들어왔었다면 우리가 모르지는 않았을 테니까."

"그래서 내가 해 줄 일이라는 게… 그 '누군가'를 찾는 건가?"

"비슷해."

지체 없이 고개를 끄덕이는 루디아의 모습에 로반이 코웃음을 치며 말했다.

"흥, 내가 그런 손해 보는 거래를 할 거라고 생각한 거냐?"

"호호, 설마 그랬을라고. 정확하게는 찾아달라는 게 아니고, 단서만 잡아 달라는 거야. 물론, 그 단서에 대한 실마리도 어느 정도 잡혀 있는 상태고."

하지만 로반은 여전히 의심 섞인 눈초리고 루디아를 훑어보며 말했다.

"그렇다면 직접 하는 게 좋을 텐데?"

"내가 하기에는 번거로운 일이 많거든. 그리고 프로커스 백작을 찾는 일과 어느 정도 연관도 있는 일이라서 말이야."

"크크, 끝까지 날 부려 먹겠다는 건가?"

"흐응~ 아니면 내가 프로커스 백작까지 찾아내는 길도

있는데… 어떡하는 게 좋을까?"

"크흐흐, 마지막은 협박이냐?"

"뭐, 좋을 대로 생각해. 어디까지나 생각해서 해 준 말인데……. 싫다면 어쩔 수 없지."

아무래도 상관없다는 듯한 루디아의 반응에 결국 로반은 인상을 구기면서도 고개를 끄덕일 수밖에 없었다.

"좋아. 이번에는 내가 손해를 보는 걸로 하지. 그럼, 우선 나한테 알려 줄 것부터 말해 보실까?"

"그전에, 약속은 분명히 지키겠지?"

"물론."

한껏 어깨를 펴며 고개를 끄덕이는 로반의 모습에, 루디아는 잠시 의심스러운 시선을 보냈지만 이내 포기한 듯 고개를 끄덕였다.

"뭐, 믿는 수밖에."

"자, 그럼 어서 말해라."

"1년 전 전쟁 당시에 소문이 하나 있었어."

"무슨 소문?"

"폴덴바인 백작가의 후계자가 프로커스 백작군의 일개 병사로 참전했다는 내용이었지."

"크극, 뭐야? 난 또 뭔가 대단한 얘기라도 할 줄 알았는데, 겨우 그 헛소문이었던 거냐?"

로반이 어처구니 없다는 표정으로 실소를 흘리며 말했다.

아마 그 소문에 대해서는 로반 역시 이미 알고 있었던 모양이었다.

"그게 헛소문이라고 생각해?"

"그럼 그게 사실이라고? 백작가의 후계자가 다른 영지의, 그것도 일개 병사로 참전한다는 게 말이 되는 이야기냐?"

"보통은 말이 안 되지. 그런데 그건 생각해 봤어?"

"뭘?"

"전쟁 기간 동안 폴덴바인 백작가의 후계자, 루딜 폴덴바인은 도대체 어디에 있었을까?"

"그걸 모른다고 해서 그 소문에 신빙성을 더해 주는 건 아니다. 더 할 말 없다면 이만 가도록 하지. 물론 우리가 말했던 거래는 무효다."

짜증스러운 표정으로 성큼성큼 걸어가는 로반의 뒤통수를 향해 루디아가 놀리는 듯한 목소리로 외쳤다.

"이걸 머리가 나쁘다고 해야 되나……. 아니면 소신 있다고 해야 되나……?"

"뭣이?!"

버럭 소리를 지르며 뒤돌아서는 로반의 온몸에서 풀풀 살기가 뿜어져 나왔다.

루디아가 저도 모르게 인상을 찡그리며 주춤주춤 뒤로 물러섰다. 아주 잠깐 그 살기를 마주했을 뿐인데도 등줄기를 타고 식은땀이 주르륵 흘러내린다.

실제로 로반은, 써클루스 내에서 마스터인 크로한을 제외하고는 가장 강한 인물이었다. 다만 한 번 시작하면 물불 가리지 않고 막무가내로 일을 크게 터트리는 성질 때문에, 실력에 비해 오랜 시간 동안 높은 위치에 오르지 못했던 것이다.

"으으윽!"

루디아가 가느다란 신음을 토하며 또다시 뒤로 물러섰다. 로반의 살기가 온몸을 바스라트리기라도 할 듯 압박을 해온 탓이다.

"네년이 죽고 싶은 모양이로구나!"

로반은 자신이 한 말대로 루디아를 죽여 버리려는 듯 성큼성큼 다가가고 있었다.

로반이 죽은 카루안의 자리를 차지할 수 있었던 것은 다분히 운이 작용해 준 덕분이었다. 그렇게 어렵게 오른 자리였다. 그런데 무려 1년 동안 프로커스 백작을 처리하지 못한 일로 마스터의 눈 밖에 날까 노심초사하고 있는 상황에서, 루디아가 신경을 건드리니 화가 폭발할 지경이었던 것이다.

"잠깐 말 좀 들어! 그럴만한 근거가 있어!"

루디아가 다급한 목소리로 외쳤다.

"근거?"

우뚝 발을 멈춘 로반이 억지로 화를 집어 삼키며 물었다.

"그래."

"좋아. 한 번 들어 주마. 만약 이번에도 말을 빙빙 돌리면 이 자리에서 죽는다고 생각해라!"

"아, 알았어!"

"후우우!"

로반이 한 걸음 뒤로 물러서며 호흡을 고르는 사이, 루디아가 재빨리 이야기를 이어 갔다.

"우선 그 소문만 생각한다면 당연히 헛소문이라고 생각할 수도 있어. 하지만 전쟁이 끝난 후, 프로커스 백작이 폴덴바인 영지를 방문한 적이 있단 말이야. 그리고 그때를 기점으로 소식이 없던 루딜 폴덴바인이 영지 운영의 전면에 나섰어. 그리고 그 루딜이 영지 운영에 나서면서부터 폴덴바인 백작군의 체계도 바뀌었어. 바로 프로커스 백작령의 체계와 비슷하게 말이야."

"으음……."

"그 하나하나의 일들은 우연일 수도 있어. 하지만 그 모든 일이 우연일 수 있을까? 게다가 당시 프로커스 백작군의 체계는 효과적이기는 하지만, 기존의 귀족들이 받아들이기에는 거부감이 강한 방식인데다가 기사들이 강하게 반발할 수도 있다는 위험이 있어. 그런 걸 무릅쓰고 체제 변화를 밀어붙이는 건, 그 효과를 직접 몸으로 겪은 사람만이

할 수 있단 말이야."

"듣고 보니……."

로반은 일을 처리하는 방식이 과격해서 그렇지 생각이 짧은 위인은 아니었다. 루디아의 말을 듣고 보니 확실히 일리가 있는 일이었다.

그리고 로반이 고개를 끄덕일 사이도 없이 루디아가 이야기를 이었다.

"그리고 이거야말로 정말 근거 없는 소문 같기는 하지만, 루딜 폴덴바인과 프로커스 백작의 여동생이 결혼을 약속한 사이라는 소문도 있어. 그냥 들으면 정말 헛소문이지만, 방금 말한 내용들과 이어 보면 충분히 그럴싸한 이야기지."

숨도 쉬지 않고 토해 내듯 말들을 쏟아낸 루디아가 가볍게 어깨를 들썩이며 숨을 골랐다.

로반이 만족스러운 미소를 지으며 나지막히 말했다.

"그렇다면 폴덴바인 백작가를 주시하다 보면 프로커스 백작의 꼬리를 잡을 수도 있겠군."

"그렇지."

"크흐흐, 좋은 이야기를 들었다, 루디아."

금세 기분이 풀린 듯 나지막이 웃으며 말하는 로반을 향해 루디아가 싱긋 미소를 지으며 말했다.

"그럼 아까 말한 내 부탁은 들어주는 거지?"

"크흐흐, 좋아. 짬이 난다면 그쪽도 조사해 보도록 하지."

약속의 내용이 분명히 달라졌지만, 지금은 로반에게 뭐라고 토를 달기가 어려웠다. 루디아가 씁쓸한 미소를 지으며 고개를 끄덕였다.

"그럼, 부탁해."

"알았다. 그럼 난 이제 가 보마."

로반은 꽤나 기분이 좋아진 듯 가벼운 걸음으로 긴 복도를 따라 나갔다. 그리고 그런 로반의 뒷모습을 보며 루디아가 묘한 미소를 머금었다.

'뭐, 이 정도만 던져 놓으면 되겠지. 저놈도 멍청하지는 않으니 조사를 안 할 수는 없을 테니.'

§ § §

"폴덴바인 백작!"

브렌 국왕의 입에서 노성이 터져 나왔다.

"예, 폐하!"

"그대는 도대체 무얼 하는 사람인가? 내가 명을 내린 지 얼마나 지났는데, 아직까지 아무런 결과도 내놓지 못하고 있다니! 내 이래서 그대들을 믿고 이 나라를 이끌 수 있겠는가 말이다!"

"송구스럽습니다, 폐하!"

폴덴바인 백작이 황급히 머리를 조아렸다. 하지만 고개를 숙인 그의 두 눈에는 아무런 감정도 떠올라있지 않았다.

'쯧, 어쩌다가 이 지경까지…….'

너무 야위어 광대뼈만 불룩 솟은 얼굴에 안색은 창백하고 눈가가 시커멓게 죽어 있는 국왕의 모습은, 과연 과거의 호전적이고 자신감 넘치던 그 국왕과 같은 사람인지조차 의심스러운 모습이었다.

'쯧!'

하지만 폴덴바인 백작은 속으로 혀를 찰 뿐, 국왕에게 어떠한 말도 하지 않았다.

'스스로 자멸의 길을 걸은 것이니 어쩔 수 없지.'

폴덴바인 백작이 무슨 생각을 하는지도 모른 채, 국왕은 그저 역정을 낼 뿐이었다.

"벌써 일 년이다! 그 긴 시간 동안 도대체 무엇을 했기에 아직까지 프로커스 백작을 찾아내지 못했는가 말이야!"

국왕이 지금과 같은 몰골이 된 것은 리카이엔과 카이스의 실종 때문이었다. 좀 더 깊이 들어가면 써클루스에 대한 두려움이 원인이었다.

이제는 폐위된, 과거의 왕세자였던 브레튼 왕자가 병에 걸린 이후 써클루스는 아무런 움직임도 보이지 않았다. 원래부터 그런 조직이 있었는지 의심스러울 정도로 조용했다. 실제로 국왕이 정보대를 풀어 조사를 했지만, 그들의 흔적은 찾을 수가 없었다.

하지만 그 때문에 오히려 국왕은 더욱 불안했다. 언제 그들이 일을 벌일지 모른다는 생각에 하루하루 조금씩 말라가는 느낌이었다. 차라리 무슨 일을 벌이거나, 자신을 공격하거나 했다면 이렇게까지 되지는 않았으리라.

그렇게 매일매일 죽을 것 같은 하루를 보내던 국왕이 결국 머릿속에 떠올린 것이 리카이엔이었다. 써클루스에 대해 은근슬쩍 아는 듯이 말했던 그라면 싸울 수 있는 힘이 있을지도 모른다는 데까지 생각이 미친 것이다.

그리고 그 생각이 더욱 부풀려지고 커지면서 이제는 리카이엔에게 병적으로 집착하게 된 것이다. 그와 함께 시작된 것은 다름 아닌 '폭정' 이었다.

국왕은 하루가 멀다 하고 귀족들을 쥐어짜기 시작했다. 막강해진 왕권에 대항할 수 있는 영주들은 없었고, 그런 영주들이 할 수 있는 일은 백성들을 쥐어짜는 것뿐이었다. 당연히 백성들의 삶은 피폐해질 수밖에 없었다.

한참 동안 아무 말도 하지 않은 채 폴덴바인 백작을 노려보던 국왕이 쉬어 버린 목소리로 말했다.

"이번에 마지막 기회라는 것을 명심하라."

"예, 폐하!"

폴덴바인 백작이 목소리에 힘을 담아 대답하지만 진심이 깃들어 있지 않았다. 그는 이미 브렌 왕조에서 마음이 떠나 버렸기 때문이다.

과거의 국왕이었다면 벌써 폴덴바인 백작의 속내를 눈치 채고도 남았겠지만, 지금의 그는 그것조차 파악하지 못할 정도로 폐인이 되어 있었다.

"오늘도 여전하십니까?"

국왕의 정전인 그랜드 홀 밖으로 나서는 폴덴바인 백작을 맞이한 사람은 루딜이었다. 아들의 물음에 폴덴바인 백작은 냉정하기 짝이 없는 시선으로 그랜드 홀을 향해 시선을 던지며 고개를 끄덕였다.

"그는 이미 돌아오기에는 너무 멀리 갔다는 걸 너도 잘 알지 않느냐."

"그렇기는 하지요."

고개를 끄덕이는 루딜의 두 눈에 떠올라 있는 것은 낯선 감정이었다. 이제 와서 새삼스러울 것도 없는데도, 루딜에게 아버지의 이런 냉정한 모습은 아직도 낯설었다.

'더 이상 이 왕조에 희망은 없다.'

폴덴바인 백작이 루딜에게 그 말을 했던 때가 반 년 전. 브렌 국왕이 단지 기분이 나쁘다는 이유로 의전관의 머리를 목을 친 날이었다. 그리고 그날, 수도의 거리로 나선 국왕은 빨리 길을 비키지 않았다는 이유로 무려 백여 명의 백성들을 참수했다.

더 할 수 없이 냉정한 표정을 지은 채 아무런 감정도 실려 있지 않은 무미건조한 목소리로 그렇게 말하던 아버지의 모습을 루딜은 아직까지도 생생하게 기억하고 있었다. 그만큼 폴덴바인 백작의 반응은 루딜로서는 거대한 충격이 아닐 수 없었던 것이다.

그리고 그 후에 보여 준 폴덴바인 백작의 움직임은 루딜에게 거듭 충격을 안겨 주었다. 정복전쟁을 기점으로 힘을 잃은 리몬 백작의 세력을 완전히 자신의 것으로 흡수해 버린 것이다. 루딜이 절대 그러지 않으리라 생각했던 일을 정말 아무렇지도 않은 듯 해버린 것이다.

"안 갈 거냐?"

혼자 멍하니 생각에 잠겨 있는 루딜을 다시 현실로 불러들인 것은 폴덴바인 백작이었다. 루딜이 급히 폴덴바인 백작에게로 다가갔다.

그리고 두 부자는 아무런 대화도 나누지 않은 채 왕궁을 벗어났다.

"아직까지 찾지 못했느냐?"

폴덴바인 백작이 다시 입을 연 것은, 왕궁 밖에 있는 마차에 오르고 난 후였다.

"예, 브렌 왕국 만이 아니라 제국까지도 조사했지만 여전히 흔적이 보이지 않아요."

"으음……. 어서 빨리 그를 만나야 할 텐데."

걱정스러운 표정으로 고개를 젓는 폴덴바인 백작의 모습

에, 루딜은 어색한 미소를 지으며 고개를 끄덕일 뿐이었다. 그런 그의 표정 한 곳에는 짙은 두려움이 떠올라 있었다.

'아무리 그래도…….'

말을 아끼며 창밖으로 시선을 돌리는 아들의 모습에 폴덴바인 백작이 싱긋 웃으며 말했다.

"아직도 이 아비의 결정이 마음에 들지 않느냐?"

"그, 그런 건 아니에요."

조금도 돌리지 않고 단도직입적으로 물어오는 폴덴바인 백작의 말에 루딜이 흠칫하더니 황급히 손사래를 쳤다. 그리고는 이야기를 피하고 싶은 듯 다시 창밖으로 시선을 돌렸다.

하지만 폴덴바인 백작은 무언가 결심을 한 듯, 포기하지 않고 질문을 이어 갔다.

"그러면 지금까지 보아 왔던 아비의 모습과는 다른 결정에 실망했느냐?"

"실망이라니요. 그럴 리가 있겠어요?"

"그렇다면 계속해서 이야기하는 걸 피하는 네 태도는 어떻게 설명할 셈이냐?"

반 년 전, 브렌 왕조가 더 이상 역사를 이어 갈 수 없다고 판단한 폴덴바인 백작의 선택은 루딜이 기겁하기에 충분한 것이었다. 다름 아닌 새로운 왕조를 탄생시키는 것이었다. 스스로 그 왕조의 주인이 되려는 것은 아니었지만, 어쨌든 지금의 왕조를 전복시킨다는 것은 명백한 역모.

그런 아버지의 결정을 알게 된 루딜은 시키는 일에 대해서는 착실하게 이행하면서도 그와 관련된 이야기를 하는 것은 필사적으로 피해 왔다.

폴덴바인 백작은 지금까지는 어지간하면 루딜의 그런 태도에 대해 별말을 하지 않았다. 하지만 계속 이대로 가는 것은 좋지 않다는 생각에, 오늘 확실하게 이야기를 마무리 짓기로 마음먹은 것이다.

"그건……."

"너도 알겠지만 언제까지고 피할 수 있는 이야기가 아니다. 나는 오늘 이 이야기를 마무리했으면 좋겠구나."

절대 물러설 것 같지 않은 아버지의 태도에 루딜은 크게 심호흡을 했다. 사실 루딜 역시 계속 피한다고 될 일이 아니라는 것은 알고 있었다. 그저 조금이라도 더 늦게 이 이야기를 하고 싶었던 것뿐이다.

아들이 이야기를 할 준비가 되었다는 것을 확인한 폴덴바인 백작이 먼저 입을 열었다.

"네가 영지로 돌아온 후 가장 먼저 한 일은, 프로커스 백작가에서 데리고 온 기사들을 중심으로 새로운 기사단을 조직하는 일이었다. 그리고 그 기사단을 중심으로 병 체제를 바꾸었지."

"예."

"사실 그런 파격적인 방식에 꽤 당혹스럽기도 했다. 하지만 그 결과는 기존의 기사들이 더 이상 할 말이 없게 만드는 대단한 것이었다. 그렇기에 네가 아주 유연한 사고를 가지게 된 거라 생각했었지. 그런데 유독 이 문제에 대해서만큼은 소극적인 태도를 취하더구나. 이제는 그 이유를 들을 수 있겠느냐?"

질문을 마친 폴덴바인 백작이 차분한 눈빛으로 루딜이 입을 열기를 기다렸다.

잠시 정적이 흐르고, 가볍게 헛기침을 한 루딜이 떨리는 목소리로 말했다.

"영지로 돌아오기 전, 프로커스 공과 나눴던 이야기가 있었습니다. 리몬 공이 힘이 빠졌다고 해서 폴덴바인 백작가가 그를 밀어내고 그 세력을 차지하는 것은 명예롭지 못하다는 이야기였습니다."

"물론 그 이야기는 네가 했을 것이고, 프로커스 백작은 그렇지 않다고 했을 테지?"

"예."

"프로커스 백작의 말이 맞지 않느냐? 실제로 우리는 그런 이유가 아닌데?"

"하지만 다른 이들은 그리 생각하지 않을 것입니다. 그리고 실제로도 뒤에서 수군거리는 자들이 많습니다. 아버지도 그걸 아시지 않습니까?"

억울한 듯 격앙된 목소리로 말하는 루딜을 향해 폴덴바인 백작이 고개를 끄덕였다. 그리고 한층 더 차분한 목소리로 말했다.

"그래서 내가 실제로 내 욕심을 채우기 위해 그런 일을 했느냐?"

"아닙니다."

"네가 볼 때, 이 아비가 그 일을 한 것이 떳떳하지 못한 저열한 행동이었느냐?"

"아닙니다."

"그런데 뭐가 문제가 되느냐?"

"우리가 떳떳하다고 무슨 소용이 있습니까? 모두들 그렇지 않다고 생각하지 않습니까?"

폴덴바인 백작이 피식 웃으며 되물었다.

"그렇다면 내가 똑같은 질문을 던지마. 남들이 수군거리는 게 무슨 소용이 있느냐? 내가 떳떳하면 되는 것 아니냐?"

"그렇지만……."

"흠, 그래서 그때 당시에 프로커스 백작이 너에게 뭐라 하더냐?"

"그, 그릇이 작다고……."

지금 생각해도 진정이 안 된다는 듯 루딜이 억울한 표정으로 말했다. 하지만 폴덴바인 백작은 그리 생각하지 않았다.

“프로커스 백작의 눈이 꽤 정확하구나. 나 역시 새삼 놀라고 있는 중이다. 내 아들의 그릇이 이렇게 작았던가 하고 말이다.”

“아, 아버지! 하지만 그건…….”

루딜이 억울해 죽겠다는 얼굴로 뭐라고 항변하려 했지만, 폴덴바인 백작의 말이 루딜의 입을 막았다.

“혹시 우리의 거사도 너는 불명예스러운 일이라 생각하느냐?”

“그런 것은 아니지만…….”

“아니지만?”

“떳떳할 수는 없다고 생각합니다.”

“그렇다면 브렌 왕조에 아직도 기대할 것이 남았다고 보느냐? 폭정에 신음하고 있는 백성들이 불쌍하지도 않느냐?”

“아닙니다. 하지만 문제를 해결하는 방법이 꼭 그것만 있는 것은 아니지 않습니까? 쉽지는 않겠지만 차근차근 고쳐 나가는 방법도 있습니다.”

“하지만 잘라내지 않으면 도저히 손쓸 수 없는 것도 있는 법이다.”

“그것을 누가 평가하는 것입니까? 충성을 맹세한 신하인 우리가 그것을 판단할 자격이 있는 것입니까? 훗날의 역사가 우리 가문을 어떻게 평가하겠습니까?"

악을 쓰듯 외치는 루딜의 모습에 폴덴바인 백작이 저도 모르게 주위를 둘러보았다. 그리고 새삼 달리는 마차 안이라 누가 엿들을 가능성이 없다는 것을 확인하고는 안도의 한숨을 내쉬었다.

"내 아들이 이렇게 멍청한 녀석이었다니……."

"네, 네?"

"기나긴 대륙의 역사를 배웠으면서 가장 중요한 것을 배우지 못했구나. 너무 뻔한 말이라 새삼 내 입으로 말하기가 민망할 정도지만, 역사라는 건 승자가 써 내려가는 것이다. 우리가 승자가 되면 될 일이고, 혹여 승자가 되지 못하더라도 무슨 상관이 있느냐? 어차피 내가 죽으면 누가 수군거리든 상관없는 일이다."

"네?!"

루딜은 당혹스러워 말이 나오지 않을 지경이었다.

"죽은 후에 누가 욕을 하든 내가 못 듣는데 무슨 상관이 있다는 말이냐?"

"그, 그게 무슨……. 아버지 말씀대로 우리가 죽는다면 누가 욕을 해도 모르는 건 분명합니다. 하지만 대륙의 역사에서 영원히 불명예를 끌어안아야 합니다."

"그럼 내가 바꿔 물어보마. 이대로 아무것도 하지 않고 가만히 앉아서 미친 국왕이 우리들은 말할 것도 없고 백성들까지 죽이던가, 왕국이 망하는 걸 기다리는 것이 더 낫다고 생각하느냐?"

"반드시 그러리라는 법도 없지 않습니까?"

"한 번 기울기 시작한 왕조가 다시 살아난 역사는 없다. 근근이 명맥을 이어가다 안팎이 다 썩어 문드러진 후에 기록으로만 남을 뿐이다. 너는 그 길을 택하고 싶은 것이냐?"

루딜로서는 도저히 받아들일 수 없는 말이었다.

"브렌 왕국은, 대륙 동부의 세 개 왕국을 정복하고 제국에 맞먹는 영토를 얻었습니다. 아버지께서는 국왕이 가망이 없다고 하시지만, 어쨌든 정복한 주변 왕국들은 이미 안정을 시킨 상태입니다. 그런데도 이 나라가 망할 거라고 어떻게 장담할 수 있겠습니까?"

"안정된 직후에 시작된 것이 폭정이다. 백성들이 신음하며 죽어 가고 있다. 아무리 강한 군대라 해도, 장수가 그릇된 판단을 내리고 수하가 그것을 막지 못하는 한 승리할 수 없는 법이다."

"그, 그렇지만……."

루딜은 답답한 표정으로 말끝을 흐렸다. 폴덴바인 백작 역시 답답한 표정으로 한참 동안 아들을 살펴보더니, 무언가 결심한 듯 무거운 목소리로 말했다.

"그렇다면 너는 어찌할 생각이냐? 이 아비의 반대편에

서서 막아 보겠느냐?"

"제가 어떻게 아버지께……."

"그럼 어찌하겠다는 것이냐? 동조하지도, 막지도 않겠다는 말이냐?"

"그건……."

루딜은 끝내 마음을 정하지 못한 채 입안에서만 말을 우물거릴 뿐이었다.

"그렇다면 오늘부터 너는 영지의 일에 관여하지 마라."

"네?!"

"자신의 행동에 아무런 신념도 없는 사람과 큰일을 하는 것만큼 위험한 일은 없는 법이다. 마음을 정하기 전까지는 일절 영지의 일에 나서지 마라."

"아버지! 그럴수는……."

루딜이 황급히 고개를 저었지만 폴덴바인 백작은 이미 확실하게 마음을 먹은 듯 단호하게 말했다.

"부자지간이라고 억지로 이런 일을 시킬 생각은 없다. 모든 것은 스스로 결정하고, 스스로 책임을 져야 하는 것이다. 내가 단순히 아버지라고 해서 아들의 결정을 강요할 수는 없는 법이 아니냐. 만약 나중에라도 네가 확고하게 마음을 먹는다면 그때 다시 말하거라. 어느 쪽을 선택하라고 강요하지는 않으마."

완고한 폴덴바인 백작의 태도에 루딜은 고개를 푹 숙일

수밖에 없었다. 아버지의 말이 틀리다는 생각이 들지 않았기 때문이다.

"알겠습니다."

§ § §

"놈들도 이제 슬슬 움직일 때가 된 것 같은데?"

카이스의 말에 리카이엔이 물었다.

"왜 갑갑하냐?"

"그럼 너 같으면 안 갑갑하겠냐?"

그 말에 리카이엔이 묘한 미소를 지으며 말했다.

"갑갑한 게 아니라 억울한 거 아니냐?"

"억울하다니? 뭐가?"

"결혼하고 1년이 지나도록 첫날밤도 못 치러서."

"이, 이 자식이!"

"너무 안달하지 마라. 그렇지 않아도 라울에게 말해 뒀다."

"음? 설마 이번에 라울이 나간 게?"

"그래, 이제 우리도 나갈 때가 됐잖아."

리카이엔의 말이 끝나기가 무섭게 카이스가 크게 웃음을 터트리며 말했다.

"크하하하, 그렇지 나갈 때가 됐지. 1년이면 정말 오래

참았다!"

피식 웃으며 고개를 끄덕이는 리카이엔의 두 눈에 시퍼런 안광이 번뜩였다.

"그래, 이 개자식들 다 밟아 주러 가야지."

Chapter 4.

# 카론 상회

식당의 창가 자리에 앉아 포크로 커다란 소시지를 찍어 입으로 가져가던 사내의 시선이 힐끔 창밖으로 향했다. 뭔가 커다란 행렬이 지나가는 것을 본 탓이다.

"어?"

사내의 시선이 향한 곳은 행렬의 선두에 있는 마차. 정확하게는 마차 지붕에 꽂혀 있는 깃발이었다. 날개 달린 말이 마차를 끌고 하늘로 비상하는 실루엣이 그려져 있는 마차.

손에 들려 있던 커다란 소시지가 접시 위로 툭 떨어지는 동시에, 사내의 입에서 커다란 외침이 터져 나왔다.

"카론 상회이다!"

식당의 홀을 쩌렁쩌렁 울리는 외침과 동시에 약간은 소란스럽던 식당 안에 갑자기 찬물이라도 끼얹은 듯 정적이 흘렀다. 하지만 그것도 잠시.

"오늘이었어?"

"빨리 일어나!"

"젠장! 이제 먹으려던 참인데!"

홀 안에 있던 사람들이 갑자기 우르르 일어나더니 식당을 뛰쳐나가기 시작했다. 그렇게 밖으로 몰려나가는 사람들 속에는 식당의 주인도 포함되어 있었다.

"어… 헉!"

순식간에 썰렁해진 식당 안, 처음 카론 상회의 등장을 외쳤던 사내가 화들짝 놀라며 벌떡 자리에서 일어났다.

"젠장! 내가 뭐한 거지?"

양손에 점심으로 먹으려던 커다란 빵 하나와 소시지를 움켜쥐고 밖으로 뛰어나가는 사내는, 폴덴바인 백작가의 기사단장 헐리였다.

"왜 하필 지금이야! 밥도 못 먹게!"

길고 긴 행렬. 가장 선두에는 갑옷에 무기를 든 십여 명의 호위들이 마차를 호위하고 있었고, 수십 대의 짐수레들이 그 뒤를 따르고 있었다. 그리고 그 행렬 좌우로 엄청난 인파가 몰리며 행렬을 따라 걷고 있었다.

카론 상회. 카론이라는 인물의 소유로 브렌 왕국에서 가장 규모가 크다고 알려진 상회였다. 그리고 귀족들은 물론 평민들에게까지 가장 칭송받고 있는 상회이기도 했다.

카론 상회가 사람들에게 이렇듯 이름이 높은 이유는 아주 단순하고도 간단했다. 물건을 구할 때는 값을 후하게 치러 주고, 물건을 팔 때는 싼 값에 팔기 때문이었다. 즉, 이윤을 최소화로 해서 장사를 하기 때문이었다.

거기에 더불어 카론 상회의 상단이 어느 곳이든 그 영지를 방문한 날에는 상점에 넘길 때보다 더 싼 값에 평민들에게 물건을 팔았다. 물론, 그런 행동은 일반 상점들의 견제를 받을 수도 있는 위험한 행동이었다.

하지만 카론 상회는 오히려 상점들에게도 칭송을 받았다. 카론 상회가 상점이 아닌, 일반 사람들에게 물건을 파는 세 가지 규칙이 있었기 때문이다.

그 첫 번째는, 소모가 빠른 생필품만을 공급하는 것. 두 번째는, 한 사람당 살 수 있는 양을 제한하는 것. 세 번째는, 일반 상점과의 가격을 제대로 알려 주는 것이다.

그 세 가지 원칙이 상점들의 이윤을 보장해 주었던 것이다.

생필품은 어차피 소모가 빠르기 때문에 계속해서 사야 하는 물건이므로, 카론 상회에서 양을 제한해서 파는 것으로는 한계가 있었다. 결국 물건이 떨어지면 상점을 통해 구매하는 수밖에 없는 것이다.

그러면서 한 가지 덧붙여지는 것이 카론 상회 물건의 뛰어난 품질이었다. 카론 상회는 각 상점에 물건을 공급할 때

적은 이윤만을 남기기 때문에, 상점들 역시 보통의 이윤만 남겨도 다른 상회의 물건보다 싼 값에 좋은 물건들을 팔 수 있었다. 그리고 이미 그 품질을 알고 있는 사람들은, 카론 상회의 물건을 위주로 구매하게 되는 것이다.

이른 바, 카론 상회 자체적으로 자신들의 물건에 대한 홍보를 하는 것이다.

이러한 과정이 반복되면서 카론 상회는 사람들의 인망을 얻어 온 것이다.

귀족들의 경우도 마찬가지였다.

평민들이 벌어들이는 돈은 영지의 세금과 비례하는 법이다. 사람들이 카론 상회를 통해 좀 더 많은 돈을 벌어들이고, 그것이 원활한 세금 징수를 보장하는 동시에 세수의 양까지 증가시켜 준다.

거기에 더해 영주 소유의 생산물들은 값을 후하게 쳐 주고, 영지 운영에 필요한 물품들을 싼값에 구매할 수 있었다.

그런 카론 상회를 싫어할 사람들이 있을 리가 없었다.

물론, 예외는 있었다. 바로 카론 상회의 경쟁 상회나, 직접 상단을 소유하고 있는 영주들에게는 카론 상회가 눈엣가시일 수밖에 없었다.

하지만 대부분의 귀족들이 카론 상회의 배경이 되어 준 덕분에, 카론 상회는 아무런 제재도 없이 번성하고 있었다.

"자자, 줄을 서십시오!"

"새치기 하면 물건을 팔지 않습니다!"

"밀은 이쪽으로 오십시오!"

"천을 사실 분들은 이쪽입니다!"

폴덴바인 백작성 외성 남문과 내성 정문 사이에 자리 한 거대한 광장. 그 광장 한가운데 수십 대의 짐수레들이 원을 그리며 자리를 잡고, 그 주위로 상단의 상인들이 고래고래 소리를 지르고 있었다.

그리고 끝이 보이지 않을 정도로 늘어서 있는 길고 긴 줄. 카론 상회에서 파는 싼 물건을 사기 위해 몰려온 영지민들이었다.

좀 더 좋은 물건을 더 싸게 살 수 있다는 것은 많은 돈을 가지고 호화로운 생활을 하지 않는 한 누구에게나 매력적인 일이었다. 그렇기에 카론 상회를 중심으로 길게 늘어서 있는 줄 안에는 영지의 행정관이나 기사들도 섞여 있었다.

"어? 형님 왜 이제 오슈?"

옷을 지을 천을 사기 위한 줄 한가운데 서 있던 기사들 중 한 명이 갑자기 아는 척을 했다. 오른손에는 커다란 빵을, 왼손에는 커다란 소시지를 쥐고 있는 사내, 헐리를 향해서였다.

"응? 이거 사느라고."

"아~ 형님은 그게 그렇게 좋습니까?"

"쯧쯧, 누차 말하지만 이 집 소시지는 폴덴바인 백작령에서 제일 맛있다고!"

헐리를 향해 아는 척을 하는 사내는 헐리와 함께 폴덴바인 백작령으로 넘어온 제스였다.

"그래도 그렇지 이렇게 늦게 오면……."

제스가 자기 뒤쪽으로 끝이 보이지 않게 늘어선 줄을 살펴보며 고개를 설레설레 저었다.

"오늘은 형님 차례까지 안 가겠는데요?"

헐리 역시 뒤쪽의 긴 줄을 살피며 절망스러운 표정으로 고개를 끄덕였다.

"그러게 말이다. 상단을 보자마자 뛰었어야 되는 건데……."

그때였다.

"음?"

헐리가 걸음을 멈추며 경계심 가득한 표정을 지어 보였다.

깊이 눌러쓴 후드로 얼굴을 가린 한 사내가 갑자기 헐리의 앞을 막아선 탓이다.

대낮에 얼굴을 가린 수상한 자가 길을 막는다면, 더군다나 고의로 길을 막아섰다는 것이 확실할 경우 당연한 반응이었다.

"누구요?"

헐리의 말에 후드를 쓴 사내가 나지막한 목소리로 말했다.

"오랜만입니다."

"음? 날 아시오?"

헐리는 한층 더 경계하는 눈빛으로 후드의 사내를 노려보았다. 그런 헐리의 반응에 사내가 깊이 눌러쓴 후드를 살짝 들어 올려 얼굴을 드러냈다. 그렇게 드러난 얼굴은 아직 젖살이 완전히 빠지지 않은 앳된 청년의 얼굴이었다.

"기억 못하시겠습니까?"

"음? 글쎄 난 도통……."

청년의 얼굴을 본 헐리가 고개를 갸웃거렸다. 어디선가 본 적이 있는 얼굴 같지만, 아무리 생각해도 모르는 얼굴이기 때문이었다.

"헐리 경이 아닙니까?"

"내가 헐리인 건 맞는데……."

그때였다.

"아!"

갑자기 당혹스러운 외침을 터트린 것은 긴장한 채 두 사람의 대치를 지켜보던 제스였다.

"서, 설마!"

제스의 모습에 헐리가 뭐라고 물어보려는 찰나, 청년이 오른손 검지로 입을 막으며 다급한 표정으로 말했다.

"쉬, 쉿!"

"음?"

갑작스러운 반응에 제스가 이러지도 저러지도 못한 채, 들어 올린 손가락을 어정쩡하게 내렸다. 그리고 청년이 헐리를 향해 나지막한 목소리로 말했다.

"접니다, 라울."

"헉!"

사내의 말을 듣는 순간, 헐리가 저도 모르게 헛바람을 집어삼켰다. 청년의 얼굴이 묘하게 낯이 익은 이유를 알게 된 탓이었다.

"지, 진짜 라울 행정관……."

헐리가 프로커스 백작령을 떠난 지 일 년. 짧은 시간이었지만 아직은 소년이었던 라울이 청년으로 성장하기에는 충분한 시간이었던 것이다.

"어, 어찌 된 겁니까? 백작님도 그렇고 모두 실종… 헙!"

프로커스 백작령의 소식이 궁금했던 헐리가 질문을 쏟아내려는 순간, 라울이 손으로 헐리의 입을 막아 버렸다.

"쉬, 쉿! 좀 조용히요!"

"으, 으으!"

라울의 손에 입이 막혀 말을 못하는 헐리가 그제야 뭔가 이상함을 느끼고는 고개를 끄덕였다. 라울이 얼굴을 가리고 나타난 것부터 뭔가 숨겨야 하기 때문이라는 사실을 깨달은 것이다.

"마, 말씀하십시오."

라울의 손이 떨어져 나가자, 헐리가 한껏 목소리를 죽인 채 말했다.

"일단 궁금한 것은 나중에 이야기하기로 하고……. 우선은 폴덴바인 백작님을 만나고 싶은데, 안내해 주실 수 있겠습니까?"

라울의 말에 헐리가 고개를 끄덕이며 줄을 서 있는 기사들을 향해 눈짓을 했다.

"가자."

이렇게 비밀스럽게 나타났다면, 혹시나 모르니 호위를 하는 게 좋다고 생각했기 때문이다.

하지만 그 말을 들은 제스를 포함한 기사들의 얼굴에 당혹감이 스쳤다. 그리고 반사적으로 앞쪽의 줄을 살폈다.

"지, 지금요?"

기사들이 왜 그러는지 눈치챈 헐리의 얼굴이 살짝 찡그려졌다.

"이놈들이……."

하지만 제스도 쉬이 물러서지 않는다.

"훈련 때문에 옷이 완전 누더기요. 이대로 가다간 구멍 숭숭 뚫릴 지경인데……."

그때 라울이 불쑥 끼어들었다.

"그건 걱정 마세요. 제가 구해 드릴 테니까."

그말에 제스가 뭔 소리냐는 듯 라울의 위아래를 훑어보았다.

카론 상회의 이 줄은, 귀족이 오더라도 새치기는 허용이 되지 않는 걸로 유명하기 때문이다. 실제로 카론 상회가 등장한 초기에, 가난한 귀족들이 신분을 내세워 새치기를 했다가 카론 상회가 그 길로 짐을 꾸려 영지를 떠나는 사태가 종종 벌어지곤 했었다.

"흐음, 라울 행정관이 뭘 좀 모르나 본데? 카론 상회는 말이야… 음?"

훈계하듯 말을 하던 제스의 두 눈이 갑자기 휘둥그레졌다.

라울이 조심스레 품에서 저울에 쓰는 무게 추를 꺼내 보였기 때문이다.

"서, 설마 그건……."

무게 추에는 다름 아닌 카론 상회의 문양이 선명하게 새겨져 있었던 것이다. 카론 상회의 상급 상인들만이 가질 수 있는 물건으로 알려져 있는 것이기 때문이다.

헐리 역시 그 무게 추를 알아보고는 뭔가 떠올랐는지 조심스러운 목소리로 물었다.

"설마 카론 상회……."

라울이 다시 한 번 검지를 세우며 말했다.

"쉿! 자세한 내용은 들어가서 말씀드리겠습니다."

폴덴바인 백작성 지하에 마련된 밀실.

주위를 모두 물린 후, 라울과 마주 앉은 폴덴바인 백작이 먼저 입을 열었다.

"그러니까… 그대가 프로커스 백작의 사절이란 말인가?"

"그렇습니다. 가문끼리의 약속도 있는데 지속적으로 연락을 못 드려 죄송하다는 말씀을 전하라 하셨습니다."

"아닐세. 당시 급하게나마 서신을 보내 사정을 설명했으니 그리 미안할 일은 아닐세. 그 정도 상황이라면 그런 결정을 내리는 게 당연할 수도 있는 일이지."

"백작님의 넓은 마음에 저희 주군께서도 고마워하실 것입니다."

라울이 다시 한 번 감사의 인사를 전했다.

"그건 그렇고……. 그대가 온 걸 보니, 이제 프로커스 백작도 뭔가 시작을 할 모양이구만."

"그렇습니다."

"흐음, 그래 계획은 있고?"

"예, 그런데……."

라울이 의도적으로 말끝을 흐렸다. 뭔가 중요한 이야기를 하기 위해, 그리고 그 내용에 폴덴바이 백작이 놀라지 않도록 마음을 가다듬을 시간을 주는 것이다.

"말하게."

편안한 마음으로 고개를 끄덕인 폴덴바인 백작이 라울의 말을 재촉했다.

"저희가 입수한 정보에 따르면 폴덴바인 백작님께서 뭔가 아주 큰일을 준비하시는 것 같더군요."

폴덴바인 백작의 두 눈이 순간적으로 크게 부릅떠졌다.

갑자기 숨이 턱하고 막힐 정도로 놀라운 말이었다. 하지만 그것은 극히 찰나의 시간 동안 벌어진 일. 순식간에 마음을 가라앉힌 폴덴바인 백작이 짐짓 궁금한 표정으로 물었다.

"큰일이라? 무슨 큰일을 말하는 건가?"

"예, 대륙의 역사에서 브렌 왕조가 남을지 사라질지를 판가름할 정도로 큰일인 것 같더군요."

라울은 거리낄 것이 없다는 듯 직접적으로 폴덴바인 백작의 거사를 입에 담았다.

"이거 아주 큰일 날 사람이구만! 모반이라니!"

도둑이 제 발 저린 것인지 폴덴바인 백작은 오히려 소리를 지르며 와락 인상을 구겼다. 하지만 라울은 이미 아트룸 길드를 통해 그 사실을 파악하고 있었다.

"애써 숨기지시 않으셔도 됩니다. 저희 백작님께서도 시기만 잘 택한다면 나쁘지 않다고 생각하셨습니다."

정말 아무렇지도 않게 역모의 계획을 지지하는 라울의 말에, 폴덴바인 백작은 순간적으로 수명이 줄어든 기분을 느꼈다.

만약 이 자리의 누구 한 명이 밖으로 나가 이 이야기를 떠드는 순간, 폴덴바인 백작가는 일을 시작하기도 전에 멸망할 일이기 때문이다.

하지만 그보다 더 걱정되는 것이 있었다.

"우리의 기밀 유지가 그렇게 허술했던가?"

잠적해 있던 리카이엔이 이 사실을 파악했다면, 또 다른 누군가가 알아채지 못하리라는 보장이 없기 때문이었다.

하지만 라울은 옅은 미소를 지으며 고개를 저었다.

"너무 걱정하지 마십시오. 아직까지 그 누구도 눈치채지 못했습니다. 제가 그 일에 대해 말씀 드릴 수 있었던 것은, 저희 주군께서 눈치가 빠르기 때문입니다. 현재, 대륙의 그 누구도 이 거사를 눈치채지 못하고 있습니다."

"그것을 어찌 장담할 수 있는가?"

"자세한 말씀을 드리기는 힘이 듭니다만, 저희 주군께서 대륙 최고의 정보 길드와 손을 잡고 있기 때문에 그렇게 확신할 수 있습니다."

"정보 길드?"

폴덴바인 백작이 라울의 말을 되뇌었으나, 라울은 더 이상 그에 대해 언급하지 않았다.

"어찌 생각하실지 모르겠습니다만, 저희 주군께서 이 말을 전해달라 하셨습니다."

"어떤 말을?"

"백작님께서 준비하시는 거사에 대해 중요하게 할 이야기가 있으니, 그때까지 기다려 주실 수 없는지 여쭤 보라 하셨습니다."

"중요하게 할 이야기?"

폴덴바인 백작이 궁금한 표정으로 물었으나, 라울은 천천히 고개를 저었다.

"그 중요한 이야기의 내용에 대해서는 저도 알지 못합니다."

"흐음, 하지만 모든 일에는 때가 있는 법. 그 시기를 놓치면 영영 기회가 사라진다네. 그래, 프로커스 경은 언제쯤 이곳으로 찾아온다던가?"

"앞으로 한 달입니다."

"한 달이라… 그 정도라면 기다릴 수도 있을 것 같군."

폴덴바인 백작이 흔쾌히 고개를 끄덕이자 라울이 버릇처럼 고개를 숙였다.

"감사합니다."

"그나저나… 카론 상회의 진짜 주인이 프로커스 백작이었다니. 이거 정말 놀랄 일이로군."

"이래저래 많은 준비를 하려다 보니 상단으로 위장하는

것이 가장 좋을 듯하여……."

"허허, 브렌 왕국에서 가장 큰 상회가 단지 위장의 용도라고? 그다지 재미있는 농담은 아니군."

1년 전, 리카이엔이 모습을 감추면서 가장 고민했던 것이 바로 병사들과 그 가족들의 거취였다. 프로커스 백작군의 병력이 2천, 그론스트 백작군의 병력이 2천. 도합 4천의 병력과 그 가족들을 모두 데리고 움직였다가는 금세 위치가 드러나기 때문이었다.

그렇다고 리카이엔의 성격상 자신의 병사들을 나 몰라라 내팽개칠 수도 없었다.

거기에 더해 카이스의 결혼식장에서 습격을 받은 직후였기에 시간도 촉박했다. 습격이 실패로 돌아간 이상, 써클루스에서 대규모로 공격을 해 올 수도 있었기 때문이다.

그래서 생각한 것이 병력들을 다른 모습으로 위장하는 것이었다. 하지만 4천의 병력과 그 가족들까지 더해 대략 1만 5천여 명에 가까운 인구가 함께 모여서 다른 신분을 가진다는 것은 불가능한 일이었다.

그 정도나 되는 인구가 한꺼번에 움직인다면 필연적으로 사람들의 이목을 끌 수밖에 없기 때문이다.

그런 악조건 속에서 병사들의 문제를 해결하기 위해 꽤나 고민을 한 끝에, 리카이엔과 카이스가 가장 먼저 한 일은 병사들의 의사를 물어보는 것이었다.

자세한 이야기는 하지 않았지만, 가족들과 함께 영지를 벗어나 한동안 다른 곳에서 정착할 의사를 가진 병력들만을 추려냈다.

그 결과 카이스의 영지에서 1천여 명의 병사들이, 리카이엔의 영지에서 1천 2백여 명의 병사들이 리카이엔을 따라나서겠다는 의사를 표현했다.

영지에 남겠다고 말한 병사들은 대부분 가족이 있는 병사들이었기에, 함께 움직여야 할 인구는 병사들의 가족들까지 포함해 대략 5천여 명으로 줄었다.

그렇게 이동할 인구를 5천으로 줄인 다음, 리카이엔과 카이스가 한 일은 상단과 선단을 인수하는 것이었다.

리카이엔은 클레우스의 보물들을 처분해 전부 현금으로 바꿔 놓았고, 카이스 역시 영지 대부분의 수입이 포구를 통해 벌어들이는 덕에 다량의 현금을 보유하고 있던 덕분에 자금의 문제는 없었다.

그리고 대부분의 병사들을 상단과 선단의 일꾼으로 위장시킨 것이다.

그 결과 프로커스 백작령과 그론스트 백작령의 대부분 병사들은 지금 상인이 되어 브렌 왕국을 돌아다니거나, 선단의 수부가 되어 강과 바다를 돌아다니고 있었다.

적은 5천의 인구라는 큰 덩어리를 찾고 있지만, 정작 그 큰 덩어리를 잘게 나눠 각지에 흩어 놓은 것이다.

선단이야 아무리 규모가 커도 돌아다닐 때는 배 단위이니 많지 않고, 상회 역시 자체의 규모는 엄청나지만 그 모두가 한곳에 몰려다니는 것이 아니라 각지에서 1, 200명 단위의 상단으로 나뉘어 장사를 하고 있으니 막상 조사할 때는 작게 보일 수밖에 없는 것이었다.

"허허, 보통은 나무를 숲에 숨기는데 이건 숲의 나무를 전부 베어 여러 숲에 던져 놓은 격인가? 이거 제대로 심리적인 맹점을 찔렀구만. 그러니 그렇게 찾아도 보이지 않지."

라울의 설명을 들은 폴덴바인 백작이 감탄을 터트렸다.

"다량의 현금을 보유하고 있지 않았다면 불가능한 일이었습니다."

"그야 그렇지. 하지만 돈이 있어도 그런 방법을 간단히 떠올릴 수 있는 사람은 없을 걸세."

설명을 할 때 어떻게 그 많은 현금을 가지고 있었는지에 대해서는 설명하지 않았지만, 폴덴바인 백작은 쓸데없는 궁금증은 품지 않았다.

"하긴 카론 상회가 처음 두각을 나타낼 때 말들이 많았다. 작은 상단이었던 카론 상회가 갑자기 규모가 엄청나게 커져서 도대체 후원자가 누구인가 궁금했었어. 그런데 사실은 병사들을 숨기기 위해서였다는 건가? 농담은 재미없지만 그 이야기는 재미가 있었네.”

“감사합니다.”

“그럼 한 달 후에 자네 주군과 만날 수 있는 겐가?”

“그렇습니다.”

폴덴바인 백작이 기분 좋은 미소를 지으며 말했다.

“알았다고 전하게, 아, 그리고 이 말도 함께 전해 주게. 빨리 혼담을 진행하고 싶다고 말이야.”

“예, 알겠습니다.”

§ § §

“음? 이건 처음 보는 건데요?”

라울에게 건네받은 천을 살펴보며 헐리가 고개를 갸웃거렸다. 천을 구해 주겠다던 라울이 건네준 것이, 지금까지는 못 보던 물건이었기 때문이다.

“전시에 병사들이 입을 옷을 짤 옷감이에요. 딱히 특별할 건 없지만 다른 천들보다 더 튼튼하고, 땀을 많이 흘려도 많이 안 달라붙을 거예요. 특별히 드리는 거니까 다른 사람들한테는 말하면 안 됩니다.”

“오오~ 그래요? 확실히 감촉이 다르긴 하군요. 이것도 백작님이 병사들을 위해서 만들어내신 겁니까?”

“백작님이 만드신 건 아니지만, 백작님 명령으로 고안하기는 했죠. 그나저나… 이제 기사'님'도 되셨는데 말 좀 편하게 하시죠?"

"음? 아아……."

라울이 싱긋 웃으며 하는 말에 헐리가 그제야 새로운 사실을 깨달았다는 듯 머리를 긁적였다. 프로커스 백작령에서 있을 당시에도 헐리는 기사가 아니었기에 라울과는 신분의 차이가 있었던 것이다. 물론, 그 당시에도 라울은 나이가 많은 사람들에게는 무조건 존대를 했었지만 말이다.

"흠흠, 그럼 그럴… 까?"

헐리가 헛기침을 하며 어색하게 말했다.

"그러세요. 그나저나 여기 생활은 할만 한가요?"

"프로커스 백작령에 있을 때하고 별로 달라진 것도 없다. 오히려 기존 기사놈들이 시비를 걸어대서 짜증이지."

"그렇기는 하겠네요."

동조하는 라울을 향해, 당연한 일이라는 듯 고개를 끄덕인 헐리가 잠시 뜸을 들인 후 조심스레 물었다.

"그나저나… 백작님은 잘 계신 거냐? 기사님들이랑 병사들은 도대체 어떻게 된 거야?"

"예, 잘 지내세요. 자세하게 말을 해 드릴 수는 없지만, 모두 무사하니 걱정하지 않으셔도……."

그때 뒤에서 옷감을 만지작거리며 두 사람의 대화를 듣

고 있던 제스가 갑자기 생각난 듯 외쳤다.

"어?! 그러고 보니 나 전부터 이상한 게 있었는데."

"이상한 거라니?"

뒤로 돌아 묻는 헐리를 향해 제스가 고개를 갸웃거리며 자신없는 목소리로 말했다.

"왜 형님한테도 전에 한 번 말했잖소. 제이크 자식을 본 것 같다고. 뭐, 수염을 잔뜩 길러서 확실하지는 않지만."

"맞다. 그랬었지. 설마……."

헐리가 묘하게 말끝을 길게 늘이며 다시 라울 쪽으로 시선을 던졌다. 그런 헐리의 시선을 받은 라울이 조용히 미소를 지으며 오른손 검지를 자기 입에 가져다 댔다.

"쉿!"

라울의 반응에 대강 상황을 이해한 헐리가 피식 웃으며 제스를 향해 외쳤다.

"인마, 제이크가 왜 거기 있냐? 좀 제대로 봐라, 응?"

이미 상황을 이해한 제스 역시 크게 고개를 끄덕이며 대답했다.

"하긴, 그건 그래요. 그놈 원래 셈을 잘못했잖아. 그런 놈이 상단에 있다는 게 말이 안 되지! 하하하하!"

민감한 부분을 가볍게 건너뛴 라울과 기사들은 짧은 시간이지만 편안한 이야기를 나누었다.

"마음 같아서는 좀 더 있고 싶은데 시간이 그러지를 못하겠네요."

작별 인사를 위해 운을 떼는 라울을 향해 헐리가 작게 고개를 끄덕이며 말했다.

"뭐, 오늘만 날이냐? 다음에 보면 되지. 백작님한테 안부 전해 드려라."

"알았어요. 아참, 그리고……."

"응? 뭐 할 말이 더 있냐?"

"조만간 열심히 뛰어다녀야 할 일이 있을 거예요. 조심해야 되요."

단번에 그 말뜻을 알아들은 헐리가 잠시 심각한 표정을 짓더니 이내 씩 웃으며 말했다.

"뭐, 하루 이틀 일이냐? 걱정하지 마라."

"헤헤, 그러면 다행이고요. 아참, 그리고 이 얘기는……."

라울의 말이 채 끝나기도 전에 이번에는 헐리가 오른손 검지를 들어 보였다.

"이거라고?"

"맞아요."

"우리가 누구냐? 신경 안 써도 된다."

"알았어요. 그럼 다음에 봐요."

§ § §

"하아~ 오늘따라 졸리네."

카이스가 길게 하품을 하며 중얼거렸다. 건물 2층의 창가에 앉아 나른하게 햇볕을 쬐고 있으니 졸리는 것이 당연한 일일지도 몰랐다.

"하아아~"

또 한 번 길게 하품을 하고 나니 눈물이 찔끔거렸다.

"너무 움직였나?"

조만간 밖으로 나간다는 생각을 하니 좀이 쑤셔 아침부터 과하게 수련을 했더니 단번에 피로가 쌓인 모양이었다.

"으으으~ 진짜 한 숨 자야겠… 음!"

연거푸 세 번을 하품을 하며 의자에 깊숙이 몸을 파묻던 카이스가 갑자기 흠칫하며 벌떡 상체를 일으켰다. 그리고 와락 인상을 구기며 아무도 없는 뒤쪽을 돌아보며 구시렁거렸다.

"저 망할 괴물 놈! 지치지도 않나?"

벽 너머, 건물 뒤 정원에 있는 수련장을 향해서였다.

그곳에서부터 온몸의 털이 몽땅 곤두설 정도로 저릿한 기운이 엄습해 왔던 것이다. 정확하게는 수련을 하고 있는 리카이엔이 뿜어내는 예기.

아침부터 똑같이 수련을 시작했는데, 카이스는 이미 녹

초가 된 반면 리카이엔은 아직까지 펄펄 날아다니고 있었다.

"에이, 진짜!"

그 무시무시한 기운이 영 거슬렸는지 카이스가 의자에서 벌떡 일어섰다. 리카이엔의 기운을 온몸으로 받고 나니 쉬고 싶은 생각이 싹 달아났다.

"아무튼 좀 작작 해… 응?"

몸을 일으켜 방문 쪽으로 방향을 틀던 카이스가 갑자기 다시 창문 쪽으로 시선을 돌렸다. 그리고는 창문 너머 저 멀리 보이는 언덕으로 시선을 던지며 두 눈을 가늘게 좁혔다.

"누가 오는 거야?"

지금 카이스가 서 있는 2층 건물은 아트룸 길드의 비밀 가옥이었다. 몸을 숨길 필요가 있는 사람들을 위해 마련한 곳으로, 어지간해서는 찾아올 수 없는 곳에 위치해 있었다.

아트룸 길드의 길드원들은 대부분 건물 뒤쪽의 산을 넘어 오기 때문에, 언덕쪽 길로 올 만한 사람이 없었던 것이다.

"음? 가, 가만? 왠지 눈에 익은데……?"

그때였다.

"프리엘라네."

갑자기 카이스의 뒤에서 누군가 중얼거렸다.

"헉!"

깜짝 놀란 카이스가 황급히 방향을 틀며 방어적인 자세를 잡았다. 하지만 이내 뚱한 표정을 짓고 말았다. 어느새 리카이엔이 뒤에 와 서 있었던 것이다.

"인마, 기척 좀 하고 다녀!"

"그것도 눈치 못 채냐?"

"쳇! 뭐, 아무튼. 저기 오는 게 프리엘라라고?"

"얼굴 안 보이냐?"

당연하다는 듯 되묻는 리카이엔의 말에 카이스는 또 한 번 마음 상한 표정으로 구시렁거렸다.

"내가 너 같은 괴물하고 똑같냐?"

"이건 무슨 입만 열면 괴물이라네. 어쨌든 마중이나 가자. 여섯 달 만에 오는 건데 성과가 좀 있었을라나? 그나저나 할망구는 어쩌고 혼자 와?"

프리엘라가 테하스와 함께 비밀 가옥을 떠난 것이 반 년 전이었다. 한동안 답보 상태에 있던 수색 작업, 리카이엔과 써클루스를 싸우게 만든 비밀스러운 인물의 정체를 캐내는 일을 다시 시작하기 위해서였다.

"흠!"

리카이엔이 두 눈에 이채를 띠며 다가오는 프리엘라를 훑어보았다. 그리고 저도 모르게 나지막한 목소리로 말했다.

"사람이기를 포기했나?"

그 소리를 들은 카이스가 힐끔 리카이엔을 보며 물었다.

"뭐?"

"안 느껴지냐? 저 무시무시한 기운이?"

"내가 그걸 몰라서 묻는 걸로 보이냐?"

"그럼?"

"이미 인간도 아닌 놈이 다른 사람보고 인간이길 포기했느니 어쩌니 하면 그게 어떻게 들리겠냐?"

시큰둥한 얼굴로 구시렁거리는 카이스를 향해 리카이엔이 피식 실소를 터트리며 말했다.

"큭, 너도 다른 사람들이 보면 이미 인간이 아닌 건 똑같거든?"

"너만 하겠냐?"

비밀 가옥에 몸을 숨긴 후, 두 사람은 죽도록 수련에 매달렸다. 할 수 있는 일이 일단은 기다리는 것밖에 없었기 때문이다.

써클루스는 이미 많은 준비를 한 반면, 리카이엔은 이제 겨우 비밀스럽게 세력을 모으고 있는 과정이었기에 선불리 싸움을 걸 수가 없었던 것이다. 더불어 리카이엔과 써클루스를 부딪치게 만든 비밀스러운 인물에 대한 것도 모르는 상황이었기에 일단은 때를 기다릴 수밖에 없었던 것이다.

그 덕분에 카이스는 오로지 수련에만 몰두할 수 있었고, 꽤나 만족할 만한 성과를 얻었다. 하지만 함께 수련한 리카이엔의 성취를 보면 빛이 바랜다는 것이 문제였다.

"뭐예요? 사람이 왔는데 둘이서 티격태격."

어느새 두 사람 앞에 도착한 프리엘라가 새침한 표정으로 인사 아닌 인사를 건넸다.

"수고했어."

"칫!"

"그런데… 할망구는 어쩌고?"

"스승님은 따로 할 일이 있어서 좀 천천히 오신대요."

"따로 할 일?"

리카이엔이 고개를 갸웃거리며 프리엘라의 말을 되뇌었다.

그때 카이스가 끼어들어 말했다.

"왜 밖에 서서 이러고 있나? 자자, 일단 안으로 들어가자."

카이스의 말에 안으로 들어온 세 사람은 테이블을 사이에 두고 자리에 앉았다.

"무슨 일인지는 모르고?"

숨도 돌리기 전에 리카이엔이 같은 질문을 던졌다. 이런 시기에 혼자 뭔가를 하러 갔다는 말을 들으니, 왠지 모르게 불안한 느낌이 든 탓이다.

그런 기분은 프리엘라 역시 마찬가지인지 불안한 표정으로 고개를 저었다.

"물어봤지만 말씀을 안 하셨어요. 따라가겠다고 말해도 절대 안 된다고 하시고."

"뭐 특별한 낌새는 없었고?"

"스승님과 헤어지고, 오는 내내 생각해 봤지만 제가 본 바로는 특별한 낌새는 없었어요."

꽤 마음이 좋지 않은 듯 조급한 표정으로 말하는 프리엘라의 모습에, 어쩔 수 없다는 듯 카이스가 머리를 긁적이며 끼어들었다.

"쩝, 뭐 일단은 기다려 봐야지. 마이스터 테하스가 아무 이유도 없이 그러실 분은 아니니까."

"그렇기는 하지만……."

"자자, 그건 일단 됐고. 그래서 갔던 일은 어땠어?"

조금도 답이 나오지 않을 것 같은 이야기를 계속해 봐야 프리엘라의 기분만 가라앉힐 것 같다는 생각에 카이스가 얼른 화제를 바꿨다.

"아, 그러고 보니 얘기한다는 게 깜빡했어요."

"응? 뭔가 소득이 있었다는 건가?"

큰 기대를 가지고 있지 않았던 리카이엔이 조금 놀란 표정으로 물었다.

"물론이죠. 우리 스승님이 누구신데!"

"그래서 어떤 놈이야?"

"에… 스승님 말에 따르면, 원래 써클루스는 사이비 종교 집단이었어요. 이름을 알리던 당시에는 사이비라기보다는 왕가의 전폭적인 지지를 받는 정통 종교였지만 말이죠. 그들 때문에 바이론 왕국이 멸망했지만 말이죠."

"그 이야기는 전에 할망구한테 들었어."

프리엘라가 고개를 저으며 말했다.

"하지만 말씀하지 않은 것도 있어요."

"음?"

"스승님께서 젊었을 때, 우연히 그들의 움직임을 확인하신 적이 있대요."

"뭐? 그런 이야기는 없었는데?"

"그러니까 지금 말하는 거죠. 그러게 왜 사람 말을 끊어요? 안 그래도 스승님 때문에 심란해 죽겠는데!"

자꾸 말을 자르는 리카이엔에게 울컥한 프리엘라가 새침한 표정으로 리카이엔에게 쏘아붙였다.

"아무튼 그 성질머리 하고는……. 얼른 얘기나 마저 해봐."

심드렁하게 대꾸하는 리카이엔의 모습에 또 한 번 울컥한 프리엘라였지만, 일단은 이야기를 이어 갔다.

"스승님이 젊었을 때라고 하더군요. 그때는 써클루스 역시 바이론 왕국의 괴사로 인해 상당한 타격을 입고, 비밀스럽게 교세를 확장하고 있었던 터라 규모가 크지 않았다고 하더군요. 왕국을 멸망에 이르게 한 원한을 참지 못한 스승님께서는 바로 그들을 공격하셨어요. 당시의 써클루스는 겨우 교단의 틀만 잡고 있던 때라 스승님의 공격을 제대로 막지 못해 괴멸당했다고 하더군요."

"할망구 참 대단하다니까. 어쨌든, 그런데 또 누가 남아서 다시 써클루스를 조직했다는 건가? 어지간히 질긴 놈들이네."

"그런데 성격이 좀 많이 다르다고 하더라고요."

"그 얘기는 들어봤어. 지금은 비밀 결사에 가까우니까. 그런데 할망구가 때려잡을 때까지는 그래도 종교 단체에 가까웠다는 말인가 본데?"

프리엘라가 고개를 끄덕인 후, 잠시 호흡을 골랐다. 이제부터가 진짜 본론이기 때문이다.

"스승님이 혹시나 하며 조사를 했던 부분이 그 부분이에요. 한 번 괴멸당했던 놈들이 또다시 만들었을 때도 종교의 성격이 강했어요. 그런데 그 다음에는 비밀 결사에 가까운 모습이죠. 비슷해 보일 수도 있지만 정체성 자체가 완전히 달라진 경우죠."

"할망구는 그 사이에 뭔가 사정이 있다고 생각했던 건가?"

"네, 어쩌면 스승님께 공격당한 후 내부적으로 분란이 있었던 게 아닌가 하고 생각하신 거죠."

"다시 말해서 조직의 주인이 바뀌었다는 말이지? 충분히 가능성 있는 부분이군."

어떤 조직이든 그 조직을 만든 사람은 처음 가지고 있던 조직의 성격을 버리기가 힘들다. 그것을 버릴 경우, 자신의 입지 기반이 약해지기 때문이다. 그런데 완전히 다른 조직으로 탈바꿈했다는 것은, 결국 주인이 바뀌었을 가능성이 아주 크다고 볼 수 있다는 뜻이다.

"스승님이 생각하신 것도 그 부분이에요."

"혹시, 그 내부 분열 중 쫓겨난 이전의 주인이 그런 짓을 했다고 생각한 거냐?"

"본인일 수도 있고, 그 후손일 수도 있지만 어쨌든 관계가 있다고 생각하셨어요."

리카이엔이 크게 고개를 끄덕이며 말했다.

"괜찮은 생각이네. 그래서 성과가 있었나?"

"아주 약간은 있었어요."

조금은 어두운 표정으로 말하는 프리엘라를 향해 리카이엔이 피식 웃어 보였다.

"약간이라도 아는 게 모르는 것보다는 낫지. 그래, 알아낸 게 뭐야?"

"놈의 방향이요."

"방향? 어느 쪽에 있는지 알아냈다는 건가? 그럼 거의 완전히 알아낸 거나 마찬가지잖아!"

리카이엔이 반색을 하며 물었지만, 프리엘라는 고개를 저었다.

"처음 스승님을 만났을 때, 던전의 입구를 찾는 걸 본 적 있죠?"

"그랬지."

리카이엔이 크게 고개를 끄덕였다. 당시, 테하스는 술법을 이용해 연기의 방향으로 클레우스 던전의 입구를 찾았다.

"이번에도 그와 비슷한 방법이었어요. 스승님은 당시 써클루스의 교주가 사용했던 술법을 떠올리셨죠. 그리고 그 술법을 쓰는데 반드시 필요한 토템에 대해서도 기억해 내셨어요."

"그 토템은 하나밖에 없는 건가?"

"네, 세상에 하나밖에 없는 물건이라고 볼 수 있죠. 바이론 왕가에서 하사한 물건이니까요."

바이론의 술법은 그 성질에서부터 쓰임, 효과까지 아주 다양한 방향으로 발전을 했다. 그렇기에 어떤 것은 언제라도 토템을 만들 수 있지만, 또 어떤 것은 하나밖에 없는 토템도 있는 것이다. 바이론 왕가의 혈통을 이어받은 사람만이, 사막에서 물을 끌어 올릴 수 있는 것과도 일맥상통하는 부분이었다.

“흐음, 그 정도면 정확한 위치도 알아낼 수 있다는 거 아닌가?”

“그래야 하는데……. 이상하게도 대략적인 방향만 알 수 있을 뿐, 정확한 위치를 알 수가 없었어요. 더 깊은 곳으로 숨어들기 위해 문제의 토템에 뭔가 장치를 한 게 아닌가 하시더군요.”

프리엘라의 말이 끝난 후 리카이엔은 잠시 말없이 생각에 잠겼다. 그리고는 이내 고개를 들며 입을 열었다.

“그래도 그 정도면 꽤나 성과가 큰 것 같은데? 놈이 어떤 식으로 움직이는지도 알 수 있는 데다, 놈이 뭘 노리는지도 확실해졌으니까 말이야.”

카이스가 끼어들었다.

“그러게. 결국 그 자식이 원하는 건, 써클루스 힘을 뺀 후에 자기가 써클루스를 다시 장악하겠다는 속셈일 테니까.”

리카이엔이 힘을 키우기 전에 본격적으로 부딪치게 하려고 획책했다는 것은, 결국 써클루스가 무너지기를 바라는 것은 아니라는 뜻이기 때문이다.

“뭐, 어느 정도 그렇지 않을까 하고 짐작은 했지만 이로써 거의 확정적이군.”

리카이엔이 카이스의 말을 받고, 그것을 다시 프리엘라

가 받았다.

“원하는 걸 알면 그에 대한 대비책도 세울 수 있겠죠.”

“그렇지. 그러면 우리도 슬슬 움직일 준비를 해 볼까나?”

# Chapter 5.
# 출정 준비

브렌 왕국 남부 해안.

구(舊) 루오 왕국령에서 가장 규모가 큰 항구로 알려진 바스로덴 항구의 선착장은 왁자하고 소란스러운 소리가 끊이지 않는 곳이었다.

정박해 있는 무수히 많은 배들과 입항을 위해 바다에 떠 있는 배들. 쉼 없이 밀려드는 짐수레와 배에서 내리고 실리는 화물들. 웃통을 벗어젖힌 채 구슬땀을 흘리며 짐을 부리는 인부들. 승선을 위해 길게 줄을 서고 있는 승객들과 이제 막 도착한 여객선에서 내리는 승객들. 바스로덴 항구에서 일 년 중 하루도 빠짐없이 볼 수 있는 모습들이었다.

"이번에는 화물이 좀 많은데? 잘못하면 다른 상단의 물건은 못 받겠어!"

상선 메일린호의 선장 노웬이 배에 끊임없이 실리고 있

는 화물들을 세며 기분 좋은 투덜거림을 흘렸다.

그 모습을 본 카론 상회의 제2상단의 서기 브룬이 피식 웃으며 말했다.

"요즘 짐을 가득 채우는 일이 거의 없는 걸 알고 있는데 웬 엄살이에요?"

"어허, 모르는 소리. 우리 배는 항상 자리가 없다고! 어디서 만날 빌빌거리는 배 얘기를 듣고 우리한테 그러는 건가? 에잉~ 이 참에 확 거래를 끊는 수가 있어!"

과장된 몸짓으로 두 팔을 벌린 채 너스레를 떠는 노웬의 모습에도 브룬은 아랑곳하지 않았다.

"거래를 끊는다고 협박할 쪽은 우리였던 것 같은데요?"

"이거 왜 이러나? 우리처럼 확실한 배가 어디 있기나 한가? 행여 다른 배 찾아볼 생각일랑 절대 하지 말게."

그렇게 두 사람이 가벼운 농담을 주고받는 사이, 포구에 쌓여 있던 화물들이 모두 배에 실렸다. 빈손으로 우르르 내리는 인부들을 본 브룬이 노웬에게 손에 들고 있던 서류를 내밀었다.

"다 실린 모양이네요. 확인하고 사인해 주세요."

실린 화물이 아주 많다 보니 서류의 양도 꽤나 두툼한 편이었다. 서류 뭉치를 받아 든 노웬이 화통해 보이는 외모와는 달리 꼼꼼하게 서류를 살폈다. 그리고 마지막 한 장을 살핀 후, 멋들어지게 사인을 하고는 브룬에게 돌려주었다.

"여기 있네."

"그럼, 이번에도 잘 부탁드립니다."

노웬이 자기 가슴을 탕탕 두드리며 호기롭게 외쳤다.

"걱정 말라고. 내가 언제 실수한 적 있던가?"

"그러니까 이렇게 오래 거래하는 거죠. 그럼 조심해서 가세요!"

브룬이 뒷걸음질을 치며 손을 흔드는 사이, 노웬이 갑판을 돌아보며 쩌렁쩌렁한 목소리로 외쳤다.

"출항이다!"

말이 끝나기가 무섭게 갑판 위는 분주하게 뛰어다니는 수부들의 모습이 펼쳐졌다. 그리고 천천히 갑판을 가로지르는 노웬의 손에는 하나의 봉투가 들려 있었다. 브룬이 준 서류 뭉치 사이에 끼어 있던 것이다.

선내로 들어선 노웬이 복도를 따라 걸어 도착한 곳은, 선장실과 나란히 자리 잡고 있는 선실이었다.

"마스터, 노웬입니다."

그 소리에 잠시 후 선실의 문이 열렸다. 그리고 모습을 드러낸 사람은 스무 살가량의 아름다운 아가씨, 세이나 프로커스였다. 은발의 머리를 갈색으로 물들였지만, 루딜이 일반 병사로 종군을 불사할 정도의 미모는 여전했다.

"들어오세요."

"아닙니다. 아직 연안이라 나가 봐야 합니다. 이걸 전해

드리러 왔습니다."

노웬이 고개를 저으며 방금 들고 왔던 봉투를 세이나에게 내밀었다. 세이나가 두 눈을 크게 뜨고 놀란 목소리로 물었다.

"이거 설마……."

"네, 기다리시던 그 편지인 것 같습니다."

"아!"

탄성을 지른 세이나가 순식간에 노웬의 손에서 편지를 낚아챘다. 그리고 어느새 노웬은 문앞에 홀로 남게 되었다.

"하아, 이거 참."

노웬은 피식 웃으며 고개를 설레설레 저으며 문을 닫았다.

그리고 세이나는 노웬이 갔는지, 문이 닫혔는지도 인식하지 못한 채 상기된 표정으로 선실 안을 달리고 있었다.

"아빠, 엄마!"

"무슨 일이니, 세이나? 선실 안에서는 조용히 하라고 그렇게 일렀는데도."

대답이 들려온 곳은 선실 안에 있는 또 다른 문 너머에서였다.

그리고 이내 문이 열리며 힐더와 데릭이 다정하게 손을 잡고 밖으로 나왔다.

세이나, 힐더, 데릭 세 사람이 지내고 있는 이 선실은 보통의 선실 다섯 개가량을 합친 크기였다. 그 내부에는 두 개의 방과 응접실, 식당과 화장실까지 갖춰져 있었다. 즉, 선실 안에 작은 집을 꾸며 놓은 곳으로 밖으로 나가지 않아도 생활에 불편함이 없는 곳이었다.

리카이엔이 자신과 함께 있으면 위험해질 가능성이 크다는 생각에, 따로 몸을 숨기고 지낼 수 있도록 이런 곳을 만든 것이다.

항상 육지가 아닌 물 위에 있으며, 수시로 먼 바다를 나가는 상선에 타고 있다면 아무래도 노출될 우려가 적다고 판단했던 것이다.

하지만 그것만으로도 안심이 안 되었는지, 상선에는 승객은 태우지 않고 오로지 화물만을 싣도록 했다. 외부 사람들과의 접촉을 사전에 차단한 것이다.

리카이엔의 그런 조치로 아주 가끔 승객을 태우는 경우가 있기는 했지만, 대부분의 경우는 외부인이 배에 타는 일이 없었다. 그 덕분에 세이나와 데릭, 힐더가 선실에 마냥 갇혀 있어야 하는 경우도 드물었다.

물론, 육지로 내려가지 못한다는 것 자체가 힘든 일이기는 했지만 위험을 피하는 대가로 생각하면 싼 편이었다.

세 사람 외에 카이스의 아내가 된 아네스와 그녀의 할아버지 도번 후작 또한 같은 조건의 다른 배에 올라 선상 생활을 하고 있었다.

데릭이 흥분한 딸을 진정시키려는 듯 손사래를 치며 나지막히 말했다.

"아직 연안인 것 같으니 조용히 말해라."

하지만 편지를 쥔 세이나의 손은 이미 부들부들 떨리고 있었다.

"이거 안 보여요? 오빠가 보낸 편지라고요!"

"뭐?"

"오빠가 드디어 연락을 했단 말이에요! 이제 이 배에서 내릴 수도 있고, 오빠도 볼 수 있고, 이 지긋지긋한 파도에서도 벗어날 수 있어요!"

몸을 숨길 당시, 리카이엔은 철저하게 서로 간의 연락을 금지했다. 서로 은밀하게 연락을 주고받던 중 실수라도 생기면 위치가 드러날 수도 있기 때문이다.

연락을 해야 할 때는 안 좋은 일이 생겼거나 혹은 새롭게 움직여야 할 때뿐이었다. 말 그대로 무소식이 희소식인 상황인 것이다.

그렇게 무려 1년의 시간이 흘렀다. 그리고 드디어 기다리던 리카이엔의 연락이 온 것이다.

흥분한 세이나의 모습에 데릭은 대견하다는 표정으로 딸을 보았다. 그간 아무 말 없이 꿋꿋하게 선상생활을 유지해 왔지만, 실은 꽤나 힘이 들었던 모양이었다. 배에서 내릴 수 있다는 사실 만으로도 이렇게 좋아하는 모습을 보니 말이다.

하지만 한편으로는 불안한 마음도 들었다. 리카이엔이 편지를 보낼 경우는, 새롭게 움직여야 하거나 안 좋은 일이 생겼을 경우 두 가지였다. 즉, 편지의 내용이 리카이엔에게 안 좋은 일이 생겼다는 내용일 수도 있기 때문이다.

그렇지 않고 새롭게 움직여야 할 경우라 해도 불안한 마음은 마찬가지였다. 다시 싸움터로 나가야 한다는 뜻이기 때문이다.

"어서 편지를 다오."

데릭이 손을 내밀자, 세이나가 먼저 읽어 보고 싶은 마음을 꾹 참고 봉투를 건넸다.

데릭이 미약하게 떨리는 손으로 봉투를 뜯고, 안에 있는 편지를 꺼냈다.

아버님, 보십시오.

그간 편안하셨습니까? 별다른 소식이 없기에 잘 지내시리라 믿고 있습니다.

저 역시 별 탈 없이 잘 지내고 있습니다.

두 분과 세이나의 안전을 위해 어쩔 수 없는 일이라고는 하나, 여전히 불편한 곳에서 지내게 한 것이 죄송스럽습니다. 가능한 편안하게 지낼 수 있도록 여러 가지 준비를 시키기는 했으나, 선상에서의 생활이 그리 편치

만은 않았으리라 생각합니다.

그래도 다행스럽게 생각하는 것 한 가지는, 모두 큰일 없이 지내고 있다는 점입니다.

드리고 싶은 이야기도 듣고 싶은 이야기는 많으나 그것들은 훗날 편안한 자리에서, 어머니의 차를 마시며 나누는 것이 좋겠습니다.

이리 편지를 보낸 이유는, 아마 아버지께서도 짐작을 하고 계시겠지만 이제 움직일 때가 되었기 때문입니다. 아마 조만간 또 한 번의 전쟁이 일어나겠지요.

아버지와 어머니께 또 한 번 큰 걱정을 끼쳐 드릴 일을 해야 한다고 생각하니 저도 마음이 좋지 않습니다. 하지만 언제나 제가 생각하는 가장 큰 목적은 아버님과 어머님, 그리고 저와 세이나가 행복하고 편안하게 하루의 일상을 맞이하는 것입니다.

앞으로 일어날 전쟁은 그것을 위해 반드시 거쳐 가야 할 일이기에, 걱정을 끼쳐드리는 일임에도 불구하고 이렇게 고집을 피웁니다.

세이나에게 일러 모든 선단이 남부 사막의 남쪽 해안에 있는 무베크 항구로 오라고 해 주십시오. 자세한 이야기는 그곳에서 다시 말씀드리겠습니다.

먼 곳에서 아들 리카이엔이 올립니다.

중요한 내용은 무베크 항구로 선단을 모으라는 부분이었지만, 대부분은 세 사람에 대한 안부와 걱정이었다. 그런 내용에 데릭이 한편으로는 대견하고, 또 한편으로는 걱정스러운 마음에 안쓰러운 미소를 지어 보였다.

그리고 초롱초롱한 눈빛으로 편지를 뚫어져라 보고 있는 딸을 대견한 표정으로 바라보았다.

선상 생활이 지긋지긋하다는 듯 말하기는 했지만, 그동안 세이나가 한 일은 적지 않다. 비록 뭍으로 내려가지는 않았지만 선단의 전체적인 운영을 그녀가 맡아 해 왔기 때문이다.

가끔 항구에 정박해 있을 때 자신들을 찾는 써클루스의 손길이 뻗친 적도 있었지만, 그때마다 세이나가 침착하게 그들을 피해 온 것도 한두 번이 아니었다.

데릭이 미소를 지으며 물었다.

"그렇게 보고 싶으냐?"

"물론이죠!"

"실망할지도 모르는데?"

생각해 보면 세이나에게 따로 이야기한 내용은 하나도 없었다. 그것을 보면 섭섭해할지도 모른다는 생각이 들었던 것이다.

하지만 세이나는 이미 그럴 것이라 예상이라도 한 듯, 아무렇지도 않은 목소리로 말했다.

"오빠가 그렇죠, 뭐. 얼른 주세요."

1년 동안의 중책을 맡아 온 덕분인지 꽤나 어른스러워진 모습이었다.

편지를 받은 세이나의 눈동자가 문장을 따라 바쁘게 움직였다. 그리고 그런 딸을 조심스레 살피던 데릭은, 그녀의 눈에 섭섭한 감정이 떠오르는 것을 알 수 있었다. 하지만 편지의 끝부분을 다 읽었을 때는 이미 환한 표정을 짓고 있었다.

"무베크 항으로 가야겠네요."

데릭이 조심스럽게 딸의 머리를 쓰다듬었다. 그리고 싱긋 웃으며 나지막히 말했다.

"어서 준비하자꾸나."

§ § §

"루디아 그 계집이 이렇게 쓸모가 있을 줄은 몰랐군!"

수하들의 보고를 들은 로반의 얼굴이 환하게 펴졌다.

어쩌면 운이 좋은 것일 수도 있었다. 루디아의 말을 듣고 폴덴바인 백작가를 주시한 지 불과 사흘 만에 꼬리를 잡았으니 말이다.

폴덴바인 백작과 한 상인이 비밀스럽게 만나는 것을 포

착했는데, 그 상인이 알고 보니 프로커스 백작의 행정관 라울이었던 것이다.

무려 1년 동안이나 리카이엔의 행적을 추적했는데, 겨우 며칠 만에 찾아냈다는 사실이 조금 허무하기는 했지만 크게 상관은 없었다.

"계속 따라다니면서 프로커스 백작의 위치를 파악하도록 해라."

"예, 들키지 않는 선에서 조용히 추적만 하라고 일러 두었습니다."

폴덴바인 백작가를 주시하던 마랄이 머리를 조아리며 대답했다.

"그런데… 갈도스 놈은 아직 도착하지 않은 건가?"

마랄과 갈도스는 둘 다 로반의 심복으로, 갈도스는 루디아가 말했던 프로커스 백작 사태에 개입한 누군가에 대한 조사를 맡고 있었다. 하지만 마랄이 성과를 가지고 돌아왔다면, 갈도스는 아직까지 도착도 하지 않은 상태였다.

"예, 아직 연락이 없습니다."

"흠, 분명 누군가 개입을 한 것 같기는 한데……."

로반이 문제의 개입자를 찾아 나선 것은, 루디아와의 약속을 지키기 위해서가 아니었다.

순수하게 자신의 이득. 마스터 크로한에게 좀 더 자신을 알리고 그의 신뢰를 받기 위해서였다. 루디아에게 알리지 않고 자신이 그 내용을 크로한에게 보고하면 되는 일이었다.

문제는 그 조사를 맡겼던 갈도스가 아직까지 아무런 연락이 없다는 점이다.

로반이 인상을 찡그리며 혼자 생각에 잠겨 있는 사이, 로반의 눈치를 살피던 마랄이 조심스레 입을 열었다.

"로반 님."

"음?"

"폴덴바인 백작가를 주시하던 중, 신경이 쓰이는 일이 있었습니다."

"신경이 쓰이는 일이라니? 보고하지 않은 내용이 있단 말이냐?"

"그런 것이 아니라… 혼향을 느꼈습니다."

"뭣이!"

로반의 얼굴이 당혹감으로 물들었다.

"혼향이라고 했느냐?"

"그렇습니다."

"그것이 불가능한 일이라는 걸 알고도 그리 말하는 것이냐?"

"저 역시 불가능한 일이라고 생각했습니다. 처음에는 착각한 거라고 여겼습니다."

"그런데?"

"하지만 아무리 생각해도 그것은 혼향이 분명했습니다!"

"음!"

인간의 영혼은 아주 독특한 마나의 파동을 지닌다. 그것은 짐승이나 식물에서는 나오지 않는 아주 특이한 파동으로, 클리먼들은 그것을 따로 영혼의 냄새라 하여 혼향이라고 불렀다. 그리고 혼향을 느꼈다는 말은, 그 주변에 인간의 영혼을 다루는 클리머스를 쓰는 자가 있다는 뜻.

"인도(引導)의 클리머스라니……."

로반이 세차게 고개를 저었다.

현세에 그 술법을 사용하는 자가 남아 있는 것은 불가능하기 때문이었다.

말끝을 흐리던 로반이 가까스로 말을 이었다.

"카스반이 죽은 후, 인도의 클리머스는 이 땅에서 사라졌건만……."

홀로 중얼거리던 로반이 마랄이 묵직한 목소리로 물었다.

"가장 마지막에 인도의 클리머스를 사용했던 카스반이 누구인지는 잘 알고 있겠지?"

"그렇습니다. 마스터 크로한에 의해 쫓겨난 전대의 교주입니다."

"그럼에도 불구하고 네가 느낀 것이 혼향이라는 것을 확신할 수 있느냐?"

"물론입니다."

"만약 그것이 조금이라도 잘못될 경우 어떻게 될지도 잘 알고 있겠지?"

마랄이 잠시 고민했지만, 이내 무겁게 고개를 끄덕였다.

몇 번이고 확인을 거듭한 로반이 나지막한 목소리로 이야기를 이어 갔다.

"네가 느낀 것이 혼향이 분명하다면, 아마 프로커스 백작의 사건에 개입한 자는 그 인도의 클리머스를 사용하는 놈일 것이다. 카스반 본인이던가, 그의 후예겠지."

혼향이라는 단서가 추가된 순간 모든 이야기가 들어맞았다. 인도의 클리머스를 사용하는 자가 다시 써클루스를 차지하기 위해 자신과 프로커스 백작이 싸우도록 만든 것이다.

써클루스가 프로커스 백작을 무너트리는 중에 그 힘이 약해지면, 자신이 끼어들어 다시 써클루스를 장악하려는 의도가 분명했다. 로반 자신이 실제로 프로커스 백작과 조력자인 그론스트 백작을 공격해 보았기 때문에 알 수 있는 일이었다. 그들을 쓰러트리기 위해서는 꽤나 큰 피해를 감수해야 한다는 사실을.

다만, 마랄이 느꼈다는 그것이 혼향이 분명할 경우에만 해당되는 이야기였다.

"마랄."

"예, 말씀하십시오."

"일단 지금의 상황으로 볼 때 너무나 아귀가 잘 들어맞는 것이, 네가 느낀 것이 혼향일 가능성이 크다."

"분명합니다."

자신 있게 말하는 마랄의 모습에 로반이 고개를 끄덕이며 말했다.

"그렇다면 네가 그것을 증명해야 한다. 당장 수하들을 이끌고 그 혼향의 움직임을 파악하도록 해라."

"예!"

"갈도스를 불러들여 카론 상회의 상단을 쫓도록 해야겠군."

로반의 얼굴에 싸늘한 미소가 떠올랐다. 만약 이 사실을 확인해 크로한에게 보고한다면, 그야말로 크로한의 무한한 신뢰를 받을 수 있으리라.

"크크, 루디아 그 계집 덕분에 얻는 것이 많이 생기겠군. 앞으로 자주 써먹어야겠어."

탄탄대로가 될 앞날을 생각하니 웃음을 참기가 힘들었다.

"크흐흐, 어서 움직여라!"

"예!"

마랄 역시 갈도스를 제치고 자신이 로반의 신임을 독차지할 수 있다는 생각에 들뜬 표정으로 몸을 날렸다.

§ § §

"흐음, 역시 예상이 맞았군."

고개를 끄덕이는 루디아의 미간에 깊게 골이 패였다. 그런 루디아와 마주 앉아 있던, 그녀의 심복 비엔 역시 자기 입으로 말하고도 여전히 믿어지지 않는 듯한 표정을 짓고 있었다.

"폴덴바인 백작이 진짜 프로커스 백작과 연계를 하고 있었다니, 루디아 님의 말을 듣고 확인하지 않았다면 정말 몰랐을 거예요."

하지만 루디아는 고개를 저었다.

"폴덴바인 백작을 주시하면 프로커스 백작과 연결된 끈을 찾을 수 있다고 했을 뿐이다. 실제로 지금까지의 폴덴바인 백작의 행동은 프로커스 백작과는 상관이 없어."

"네? 하지만 분명 프로커스 백작가의 총관과 접선을 했는 걸요?"

"그 후에 폴덴바인 백작이 어떻게 하고 있다 했느냐?"

"그게… 성에 틀어박혀 나오지 않고 있지요."

"아주 적극적으로 움직이고 조만간 무언가 일이 벌어질 것 같은 분위기였는데, 갑자기 그게 멎었다. 그것도 프로커스 백작의 사람과 만난 후에 말이다."

"아! 프로커스 백작의 등장이 폴덴바인 백작에게도 의외의 일이었다는 뜻이군요."

어떤 일을 꾸준히 진행하고 있는데, 갑자기 그 일을 멈출 경우는 예상 외의 일이 벌어졌을 때다. 그리고 폴덴바인 백작이 갑자기 움직임을 멈춘 것은 라울이 찾아온 직후. 즉, 라울의 방문은 폴덴바인 백작에게도 예상치 못한 일이었다는 뜻이다.

루디아가 고개를 끄덕이며 말을 이었다.

"써클루스의 계획만 보면 폴덴바인 백작의 칩거는 반가운 일이지만, 내 입장에서는 그리 반길 만한 일은 아니군. 어떻게든 일이 터져 줘야 하는데 말이야."

"그러게 말이죠. 그나저나 설마하니 그 카론 상회 뒤에 프로커스 백작이 있을 줄이야. 이거 정말 놀라운 일인데요?"

"나도 좀 의외이기는 하지만… 로반 녀석, 정말 일을 제대로 못하는군. 그렇게 버젓이 활보를 하고 있는데도 알아채지 못했다니. 그나저나 '그 일'은 어찌 되었지?"

"그렇지 않아도 보고 드리려던 참이에요. 로반 쪽에 심어 둔 자의 말에 따르면, 폴덴바인 백작가에서 혼향을 느꼈다고 해요. 아마 그것이 루디아 님께서 기다리던 그것이 아닌가 싶어요."

"뭐?! 지금 혼향이라고 했느냐?"

"네."

비엔이 고개를 끄덕이는 모습에 잠시 당황스러운 표정을

짓고 있던 루디아가 갑자기 표정을 바꿨다.

"하! 혼향이라니! 인도의 클리머스라니!"

"그런데 그게 확실히 말이 안 되기는 하는 거 같아요. 사라진 지 거의 100년 가까이 된 술법이잖아요."

"아니, 거의 내가 예상했던 대로야."

"네?"

"카스반과 관련이 있는 인물이 아니라면, 이런 일을 꾸미지 않을 거라 생각했으니까! 게다가 '인도의 클리머스'라니. 이거 아주 극적인데?"

아주 만족스러운 표정으로 중얼거린 루디아가 넌지시 물었다.

"그래서 지금 로반은 어떻게 움직이고 있지?"

"예, 마랄에게 일을 전담시킨 걸로 보여요."

"마랄이라… 흐응~"

이름을 한 번 되뇐 루디아가 비음 섞인 웃음을 흘리며 중얼거렸다.

"머리가 잘 돌아가고, 상황을 보는 눈도 정확한 놈이지. 그리고 무엇보다 마음에 드는 건… 철저한 기회주의자라는 점이지. 네가 직접 마무리 지어 보겠느냐?"

"맡겨만 주신다면요."

"쉽게 생각해서는 안 된다. 기회주의자라는 것들은 이득을 위해서는 언제든 등을 돌릴 수 있는 놈들이지만, 확신이 없으면 절대 움직이지 않는 놈들이기도 하니까."

"걱정 마세요."

"자신이 있는 모양이로구나."

"마랄 같은 기회주의자가 로반 같은 인물 밑에 오래 있을 리가 없지 않겠어요? 게다가 루디아 님의 말처럼 신중한 성격의 기회주의자라면, 확실한 기회를 거부할 수는 없잖아요?"

루디아가 생긋 웃으며 말했다.

"마랄의 지위를 보장해 주는 정도면 되겠느냐?"

"호호, 물론이죠."

"알았다. 녀석에게 지금의 내 자리를 주도록 하지. 그 정도면 충분하겠지?"

"네, 감사해요."

§ § §

"니가 볼 때 이게 정말 괜찮은 생각인 것 같으냐?"

느릿하게 걷고 있는 말에 올라탄 채 조엘이 아리송한 표정으로 물었다. 나란히 말을 몰고 있는 라울을 향해서였다.

하지만 라울은 그다지 관심이 없는 듯, 시큰둥한 표정과 함께 나온 대답은 지극히 짧았다.

"글쎄요?"

순간 조엘의 얼굴에 울컥한 표정이 떠올랐다.

"이, 이 자식이……."

어느새 부들부들 떨고 있는 주먹은 한 대 콱 쥐어박고 싶은 마음을 간절히 표출하고 있었으나, 조엘은 최대의 인내심을 발휘하고 있었다.

하지만 그렇다고 이대로 순순히 물러서기에는 너무 자존심이 상했다.

"리카이엔 앞에서 질질 짜던 놈이 머리 좀 굵어졌다고 말하는 꼬라지하고는!"

"뭐, 뭐라고요!"

이번에는 라울의 얼굴에 울컥하는 표정이 떠올랐다. 하지만 여기서 흥분하면 조엘의 말을 인정하는 꼴밖에 되지 않았다. 애써 미소를 짓고는 떨리는 목소리를 억지로 가라앉힌 채 말했다.

"누가 그딴 말도 안 되는 소리를……."

그렇게 묻는 순간 머릿속에 떠오르는 한 사람.

'율리아……!'

그날 그 자리에 있던 사람 중, 그 이야기를 할 만한 사람은 율리아밖에 없었던 것이다.

'두고 보자!'

속으로 이를 부득부득 갈지만, 겉으로는 온 힘을 끌어 올려 미소를 지었다.

"하하, 조엘 님은 그 말도 안 되는 이야기를 믿으세요? 그리고 지금도 농담하신 거죠? 설마 그 말도 안 되는 걸 믿는 걸로도 모자라 유치하게 사람 놀리려고 하시는 건 아닐 거예요. 대아트룸 길드의 마스터가 그렇게까지 유치할 턱이 없잖아요. 안 그래요?"

"응? 어허허, 그렇지. 그냥 농담한 거지."

차마 스스로 유치하다는 말은 절대 인정할 수 없었는지 조엘은 힘겹게 웃고 있었다. 그리고 더 이상 이 이야기를 이어 가 봐야 자신에게 불리해질 뿐이라는 것 또한 깨달았다.

"어쨌거나, 니 주인은 왜 만날 저딴 식이냐?"

옆에 있는 라울만 눈치챌 수 있을 정도의 작은 움직임은 슬쩍 뒤쪽을 가리키고 있었다.

이쪽을 주의 깊게 주시하고 있는 검은 그림자.

조엘은 라울을 만난 순간부터 그것을 알고 있었던 것이다.

그리고 그 사실을 알고 있는 또 한 사람.

"놔두세요. 뭐, 어차피 백작님께서 시키셨던 일이고, 저렇게 감시만 할 뿐 특별히 도발을 하지는 않을 것 같으니까 말이에요."

사실 라울이 폴덴바인 백작령에 모습을 드러낸 것은 리카이엔의 지시였기 때문이다. 그렇게 나타나서 미행을 달고 돌아오라는 내용의 지시. 라울은 그 명령을 아주 정확하게 수행하고 있는 것이다.

"크큭, 내가 버티고 있는데 섣불리 못 덤비는 거겠지."

"아아~ 마음대로 생각하세요!"

"어쨌든 저걸 달고 가는 건 좀 위험한 것 같은데?"

조엘이 사뭇 걱정스러운 표정으로 말했다. 그도 그럴 것이 1년 간 잘 숨겨 왔는데 이제 와서 놈들에게 일부러 뒤를 내주는 것이 영 찜찜했던 것이다.

게다가 카론 상단이 드러난 이상, 리카이엔과 카이스가 가진 전력의 절반은 노출된 것이나 다름없었다. 아무리 생각해 놓은 무언가가 있다 해도, 애써 숨겨 왔던 전력을 그렇게 쉽게 드러내는 것이 좋아 보이지가 않았다.

"뭐, 한두 번이에요?"

"응? 뭐가?"

"백작님이 하는 일 우리가 이해 못한 게?"

"으음, 생각해 보니 그렇기는 하네. 그럼 너도 잘 모르겠다는 거냐?"

"저야 뭐 시키는 대로 할 뿐이죠."

"그래도 너 천재 아니냐?"

조엘이 꽤 궁금한 표정으로 물었다.

사실 전부터 한 번 물어보고 싶었던 것이다. 뭔가 일을 처리할 때 보면, 확실히 리카이엔보다는 라울이 훨씬 머리가 좋아 보였다. 게다가 그가 천재라는 말도 여러번 들어 보았다. 그런데 늘 리카이엔의 계획에 대해서는 감을 잘못 잡는 것이었다.

라울의 얼굴에 순간적으로 발끈하는 표정이 떠올랐다가 사라졌다. 그리고 이내 입맛을 다시며 말했다.

"원래 천재라는 것들이 모든 분야에서 천재인 건 아니에요. 왜 그런 경우 많잖아요. 머리는 무지 좋은데 몸은 한 대 툭 건드리면 죽을 것 같은 사람."

"음, 그야 그렇지."

"마찬가지예요. 나보고 뭐 천재라고는 하는데, 내가 잘하는 건 어디까지나 숫자를 다루는 것과 기억력이에요. 그런 모략이나 음모 쪽으로 가면 저도 잘……."

말끝을 흐리는 라울의 얼굴에는 뭔가 분한 표정이 진하게 떠올라 있었다.

자신이 그런 쪽으로는 도움을 주지 못한다는 게 미안한 한편으로 분하기도 했던 모양이다.

"자식, 너도 그런데 나는 오죽하겠냐?"

조엘이 위론의 말을 건넨다. 그리고 라울이 갑자기 뭔가 발끈한 표정으로 외쳤다.

"조엘 님은 명색이 정보 길드 마스터인데도 우리 주군보다 못하잖아요. 난 그래도 내 일에 있어서는 주군보다 잘한단 말이죠!"

"뭐, 뭐?!"

또 한 번 울컥한 조엘이 결국 참지 못하고 주먹을 치켜들었다. 하지만 라울은 이미 박차를 구르고 있었다.

"어? 다 왔어요! 얼른 가요!"

히이이이잉!

요란한 말 울음 소리와 함께 라울이 탄 말이 쏜살같이 앞으로 튀어 나갔다. 눈앞에 보이는 언덕만 넘으면 리카이엔이 몸을 숨기고 있는 비밀 장소에 들어서기 때문이었다.

"저, 저 자식!"

조엘이 분통 터지는 목소리로 외치며 급히 라울의 뒤를 쫓아갔다.

§ § §

"음, 이런 곳에 저런 집이 있었다니!"

놀라 외치는 목소리에는 불신이 가득했다. 저 언덕 아래 보이는 한 채의 집. 2층으로 지어진 저택은 말 그대로 도저히 어울리지 않는 장소에 있었다.

'아니, 그보다는 이런 장소가 있다는 것 자체가 말이 안 되는데…….'

커다란 고목의 가지에 올라 앉아 있는 다베크는 자기 눈으로 보고 있음에도 불구하고 믿을 수 없다는 표정을 짓고 있었다. 돌아가서 뭐라고 보고를 해야 할지가 걱정스러울 정도였다.

험한 산에는 내려다보는 것조차 엄두가 나지 않을 정도로 깊은 낭떠러지가 종종 있다. 깎아지른 절벽으로 둘러싸인 그런 낭떠러지는, 아주 가끔 실족해서 떨어지는 사람 외에는 누구도 가 본 적이 없는 공간이다.

어지간히 바닥만 보여도 한 번쯤 절벽을 타고 내려갈 생각을 해 보겠지만, 내려다보면 보이는 것이라고는 자욱한 안개뿐인, 정말 바닥이 없을 것처럼 보이는 그런 낭떠러지는 엄두를 낼 수가 없다.

"허어……."

다베크는 천천히 고개를 들고 하늘을 쳐다보았다. 잔뜩 구름이 끼어 있어 하늘 자체는 어두컴컴했다. 다시 한 번 사방을 둘러보니, 역시나 사방으로 깎아지른 듯한 절벽이 둘러싸고 있었다.

하늘에 있는 구름은, 구름이라기보다는 안개라고 불러야 했다. 이 절벽을 위쪽에서 아래를 보면 자욱한 안개로 보일 것이 분명했다.

원통의 바닥 같은 공간이었다. 바닥은 둥그스름하고, 그 둘레가 까마득히 높은 절벽으로 둘러싸여 있는 일종의 분지였다. 다만, 그 넓이 자체가 무지하게 넓은 곳.

다베크가 다시 한 번 하늘을 쳐다보았다. 여전히 구름 같은 안개가 자욱하다. 그런데 이상하게도 어디선가 햇빛이 들어오고 있었다. 사방이 유난히 붉게 보이는 것은, 짙은 저녁노을 탓이었다.

'허어, 이거 참!'

이렇게 직접 보고도 믿을 수가 없는데, 가서 자신의 보고를 듣는 사람은 얼마나 황당할지 생각하니 아주 막막한 기분이 들었다.

'이런 곳에 있었으니 그렇게 찾아도 보이지가 않지.'

사라진 병사들이야 원래가 불특정의 다수이니 콕 집어 찾기가 힘든 것은 당연한 일이었다. 하지만 리카이엔은 그 외모부터가 눈에 확 띄는, 일반 사람들 속에 몸을 숨기고 있는 것이 불가능한 인간이었다. 그런데도 아무리 찾아도 보이지가 않더니, 그 이유가 이런 곳에 숨어 있었기 때문인 모양이다.

'어쨌든 확인만 하고 돌아가야겠군.'

§ § §

"흠, 오래 버티는데?"

카이스가 팔짱을 낀 채, 저 멀리 언덕 위에 서 있는 거대한 고목을 노려보았다. 정확하게는 고목의 무성한 잎 사이에 숨어 있는, 써클루스의 추적자를 노려보고 있었다.

뒤에 앉아 있던 리카이엔이 피식 웃으며 몸을 일으켰다.

"그럼 이제 슬슬 나가 볼까?"

"그래라. 저놈의 자식 때문에 식사 때마다 체할 거 같다. 너 있는 거 확인 안 하면 안 갈 거 같으니."

"알았다."

리카이엔이 천천히 문을 향해 걷고, 카이스와 조엘, 프리엘라, 라울이 뒤를 따랐다.

"큭!"

밖으로 나가자마자 리카이엔이 웃음을 터트렸다. 나오는 순간, 저 멀리 고목 위에 있는 자가 흠칫하는 것이 느껴졌기 때문이다.

"그래도 눈은 좋은 모양이네."

리카이엔이 고목 쪽으로는 시선을 주지 않고 하는 말에, 조엘이 시큰둥한 목소리로 말했다.

"니 은발 머리는 아무리 멀어도 눈에 잘 띄거든."

"그래서 참 마음에 안 든단 말이지."

새삼스레 인상을 찡그리는 리카이엔을 향해 카이스가 툭 하고 말을 던졌다.

"왜? 좋구만. 전투 때도 너한테만 우르르 몰려서 얼마나 편한데."

"크큭, 좋기도 하겠다."

살짝 눈을 감고 있던 프리엘라가 조용히 말했다.

"아, 이제 갔어요."

나오자마자 저 멀리 언덕 위의 마나의 흐름을 살피고 있었던 것이다.

조엘도 고개를 끄덕이며 말했다.

"신호가 왔다. 왔던 길로 뛰어갔단다. 애들 보고 그놈 들어온 입구 막으라고 해야겠네."

그리고 마지막으로 말한 사람은 라울이었다. 그것도 정말 질렸다는 표정으로.

"정말 보이긴 보이는 거예요?"

같이 있는 네 사람과는 달리, 라울은 저 멀리 언덕 위의 상황을 알 수 없었던 것이다.

리카이엔이 서 있던 자리에 털썩 주저앉으며 말했다.

"그럼 우리도 이제 짐을 싸야지?"

"그래야지."

다른 이들도 대답과 함께 바닥에 주저앉고, 리카이엔이 이야기를 시작했다.

"땅 고르기가 끝이 났으니, 이제 초석을 세워야 하나?"

리카이엔의 말에 조엘이 구시렁거리기 시작했다.

"거 그놈의 땅고르기 참 오래도 한다. 이러다가 어느 세월에 집 짓고, 거기서 오순도순 살겠냐?"

갑작스러운 투덜거림에 리카이엔을 제외한 다른 이들이 왜 이러나 싶은 표정으로 조엘을 보았다. 하지만 리카이엔은 뭔가 짐작 가는 게 있다는 듯 피식 웃으며 말했다.

"왜, 아깝냐?"

"뭐?"

"여기를 버려야 돼서 아깝냐고."

"윽! 이 자식, 날 뭘로 보고! 내가 겨우 이런 비밀 거주지 하나에 쫀쫀하게 굴 것 같으냐? 대륙 전체에 이런 게 수십 개는 있다! 뭐, 물론 말이 나왔으니 하는 말이지만, 이런 거 하나 만드는 데 얼마나 공을 들여야 되는지 넌 모를 거다. 장소 물색해야지, 햇빛 잘 들어오게 곳곳에 틈도 잡아야지, 바람도 잘 들어오도록 바람길도 만들어야 되고, 집 지으려면 자재도 날라야 되고, 수시로 와서 관리도 해야 되고, 무엇보다 길 뚫는 게 얼마나 힘든데!"

"푭!"

갑자기 웃음을 터트린 사람은 라울이었다. 그리고 슬며시 한마디 끼어들었다.

"어쩐지 올 때부터 누구 하나 달고 오는 게 영 불만스러우신 거 같더니……. 이런 이유였군요."

뒤이어 프리엘라도 말을 거들었다.

"우리도 이번 일에 돈이 만만찮게 들어갔거든요. 어? 그러고 보니 여기 쓰겠다고 하면서 대가는 충분히 치렀던 거 같은데요?"

그 말에 카이스가 그제야 생각났다는 듯 놀란 목소리로

외쳤다.

"어? 그러고 보니 그러네. 우리가 너한테 꽤 돈을 투자했던 거 같은데?"

"쳇!"

결국 조엘이 인상을 찡그리며 고개를 홱 돌리는 것으로, 조엘의 투덜거림은 빠르게 진압되었다.

"라울."

"예, 주군!"

"각지에 연락은 제대로 했겠지?"

"물론입니다. 일부는 이미 움직이고 있고, 나머지는 하던 일을 마무리하는 동시에 움직인다고 합니다."

"안톤과 엘리샤한테는?"

"그쪽도 연락해 두었습니다. 안톤 기사단장은 폴덴바인 백작령에 머무르면서 명령을 기다리고 있을 것이고, 엘리샤는 크벤티움에서 만나기로 했습니다."

"크벤티움?"

리카이엔이 놀란 목소리로 물었다.

크벤티움이라면 엘리샤가 몸을 움직이기에 아주 불편한 곳이었다. 그녀의 얼굴을 알고 있는 황혼의 기사단이 있는 곳이 아닌가.

게다가 그녀는 밤에는 황제의 비밀 교섭인으로 활동했지만, 낮에는 황도에서 유명한 살롱을 열곤 하는 귀족 영애로 알려져 있다. 황혼의 기사단 외에도 많은 사람들이 그녀를 알아 볼 수 있다는 뜻이다.

"예, 크벤티움에서 기다리겠다고 했습니다."

"왜 하필 크벤티움인지는 알고 있느냐?"

"저도 위험할 것 같아서 말려 보았는데……. 엘리샤가 주군께 좋은 선물을 드리겠다며 꼭 거기로 와 달라고 했습니다."

"흐음……."

고개를 갸웃거리며 무슨 일인지 고민을 해 보았지만, 딱히 떠오르는 것이 없었다.

"알아서 잘하겠지."

고민해 봐야 답이 안 나온다면 고민을 안 하는 게 좋다.

리카이엔은 마음 편하게 그렇게 생각해 버리고는 모여 있는 이들을 향해 말했다.

"잘 알겠지만, 기초 공사는 꽤 번거로울 거야."

"뭐, 이미 각오하고 있던 일이다."

"크크크, 그럼 이제 가 볼까?"

리카이엔이 엉덩이를 털며 자리에서 일어섰다.

"그럼 먼저들 가라. 난 여기 정리하고 갈 테니까."

조엘이 새삼 아까운 마음이 드는지 사방을 휘휘 돌아보며 울상을 짓고 있었다.

"젠장, 제일 좋아하던 곳인데!"

그리고는 터벅터벅 건물 안쪽으로 걸어 들어갔다.

그런 조엘의 모습을 본 리카이엔은 어깨를 한 번 으쓱거리고는 일행들을 향해 말했다.

"짐은 이미 다 챙겨 놓았을 테니 어서 들고 나가자."

프리엘라와 라울이 먼저 집 안으로 걸어 들어갔다.

"뭐, 휴양하기에 여기가 꽤 괜찮은 곳이기는 하지."

카이스가 조엘의 마음을 이해한다는 듯, 주변의 경관을 한 번 훑으며 중얼거렸다.

그때 아직 들어가지 않고 있던 리카이엔이 카이스를 향해 말했다.

"너는 무베크 항구로 가지 말고, 바스로덴 항구로 가라."

"어? 왜?"

"거기서 할 일이 있거든."

"뭔데?"

"가 보면 알아. 가면 우리 쪽 사람이 기다리고 있을 테니 거기서 배 타고 와라."

뭔가 의미심장한 표정으로 말하는 리카이엔의 모습에, 카이스는 버릇처럼 불길한 기분을 느꼈다. 하지만 싫다고 해 봐야 소용없다는 걸 잘 알고 있었다.

"뭐, 알았다."

금세 포기하고 고개를 끄덕이는 카이스의 모습에 리카이엔이 웃으며 한 마디 더해 주었다.

"거기 가면 내 선물이 있을 거다."

"응? 선물?"

리카이엔은 장난이었지만, 그 말 때문에 카이스는 오히려 더 불안한 기분에 휩싸였다.

"무, 무슨 선물?"

"가 보면 안다니까."

그 말을 끝으로 리카이엔도 집안으로 들어갔다.

## Chapter 6.

## 선전포고

"허!"

마랄의 입에서 경악스러운 외침이 터져 나왔다. 이마에서는 식은땀이 주르륵 흘러내렸다.

"이, 이런 일이……."

재차 확인을 했지만 그의 조사 결과는 너무나 분명하게 한 가지 사실을 가리키고 있었다.

"카, 카스반의 후예가!"

로반으로부터 혼향을 풍기는 자에 대해 조사를 하라는 명령을 받은 마랄은, 두 가지 방향으로 그것을 파헤쳐 나갔다.

그 첫 번째는 문제의 혼향을 풍기는 자를 쫓는 것이었고, 두 번째는 과거에 죽은 카스반의 행적을 조사하는 것이다.

그리고 한 달.

생각보다 빨리 결과가 나왔다. 카스반의 후예가 누구인지 밝혀낸 것이다.

처음 '인도의 클리머스'에 대한 것을 떠올렸을 때부터, 카스반과 관련하여 추적을 했던 것이 빠르게 결과를 이끌어 낸 것이다.

만약 다른 쪽으로 가닥을 잡고 조사를 했다면 여전히 오리무중일 터. 혼향을 느끼고 그것과 관련해 카스반을 떠올렸던 것은 꽤나 운 좋은 판단이었던 모양이다.

하지만 빨리 결과를 알아낸 것과는 별개로, 그렇게 드러난 사실은 마랄에게 엄청난 충격을 안겨 주었다.

그도 몇 번 안면이 있던 인물이었던 탓이다.

"베르무크가 카스반의 후예였다니!"

믿을 수가 없는 일이었다.

게다가 조직의 자료에 의하면, 그는 몇 년 전 죽은 걸로 되어 있었다. 하지만 버젓이 살아 있는 데다 카스반의 후예로서 써클루스에 엄청난 일을 꾸미고 있었다.

"아무튼 어서 이걸 알려야……."

마랄이 벌떡 일어나 문쪽으로 다가가던 그때였다.

"흡! 누구냐!"

마랄의 입에서 놀란 외침이 터져 나오는 동시에, 그의 몸이 황급히 뒤로 돌아서고 있었다. 밖으로 나가려던 찰나, 갑자기 뒤쪽에서 강렬한 기운이 피어오른 탓이다.

바이론인들의 클리머스는, 마법처럼 마나를 사용하는 것이기는 하지만 그 체계가 완전히 다르기 때문에 그 느낌이 전혀 다르다. 방금 마랄이 느낀 기운은 분명 술법을 쓸 때의 특유의 기운이었다.

그리고 외침과 동시에 피어오르는 자욱한 안개.

"크음!"

마랄은 솟아오르는 연기를 노려보며 재빨리 두 손을 가슴 앞에 모았다. 그런 그의 손에 들린 것은, 은색으로 반짝이는 작은 쇠붙이였다.

"어머, 잠깐 기다려요."

연기가 다 걷히기도 전에 그 안에서 들려오는 가느다란 목소리.

"여자?"

목소리를 들은 마랄이 깜짝 놀라 흠칫하는 사이, 피어올랐던 연기가 걷히고 사람의 모습이 드러났다.

"너는 비엔?"

갑작스레 나타난 비엔의 모습을 확인한 마랄은, 경계하는 자세를 풀지 않은 채 한층 인상을 찡그렸다. 평소 얼굴만 알았지 제대로 이야기조차 해 본 적이 없는 비엔이 갑자기 나타난 것이 절대 좋은 의도라고 생각되지 않았기 때문이었다.

"이렇게 이야기를 나누는 건 처음인 것 같네요?"

부드럽게 웃으며 묻는 비엔의 모습에도 마랄은 오히려 한 걸음 뒤로 물러섰다.

"우리가 이렇게 갑자기 나타나도 괜찮은 사이는 아니었던 걸로 기억하는데?"

"어머! 그럼 어떤 사이인가요?"

"이럴 경우에 죽어도 억울할 것 없는 사이지."

"그렇기는 하죠. 그래도 일단 안 죽었으니 이야기 정도는 할 수 있을 것 같은데… 안 그런가요?"

배시시 웃으며 말하는 비엔의 모습에 마랄은 당혹스러운 표정으로 주춤주춤 몇 걸음 더 물러섰다. 조직 내에서도 비엔의 미모는 출중한 편에 속했는데, 그런 그녀가 웃는 얼굴로 친근한 척하니 저도 모르게 경계심이 옅어지는 것을 느낀 탓이었다.

비엔이 노리고 한 일이니 당연한 일이었다. 그녀는 자신의 외모에 대해서 냉정한 평가를 내릴 수 있었고, 그것을 어떻게 이용해야 하는지도 잘 알았다. 굳이 미인계를 쓰지 않더라도, 이런 은밀한 교섭에서 미모라는 것은 상당한 장점으로 작용하는 것이다.

마랄이 비엔의 말을 되새기며 조심스레 물었다.

"이야기라고?"

"당신이 무슨 일을 하는지 알고 있어요."

살짝 풀어졌던 긴장이 다시 한 번 꽉 조여 왔다.

마랄이 지금 하고 있는 일은, 루디아 몰래 루디아가 부탁한 일을 하는 것이기 때문이다.

"무슨 일이라니? 로반 님의 명령을 수행하고 있을 뿐이다."

"후후, 그렇게 숨길 것 없어요. 인도의 클리머스, 몸에 혼향이 짙게 배어 있는 남자를 찾고 있는 중이잖아요."

"이미 알고 있었단 말이냐?"

"아니, 아니, 그렇게 경계할 필요는 없어요. 정말 말 그대로 이야기할 것, 정확하게는 제안할 게 있어서 왔으니까요."

그 말을 끝으로 환하게 미소를 지은 비엔이 성큼 한 발을 앞으로 뻗었다.

"흡!"

그리고 깜짝 놀란 마랄이 저도 모르게 뒷걸음질을 쳤다. 하지만 계속 다가오는 비엔 때문에 쉬지 않고 뒤로 물러서던 마랄의 등이 결국 문에 닿고 말았다. 하지만 비엔은 발을 멈추지 않았다.

"으음……!"

마랄의 입에서 가느다란 신음이 새어 나오는 사이, 비엔은 어느새 마랄의 품에 거의 안길 듯이 붙어 있었다. 숨소리까지 적나라하게 느껴질 정도의 거리.

"이, 이봐……."

당황한 마랄이 손을 들어 밀어내려는 순간, 비엔이 말을 꺼냈다.

"앞으로 당신이 알아낼 정보를 원해요."

"뭐?"

"로반 님에게 보고할 내용을 우리에게도 알려 달라는 말이에요."

"미쳤군. 목이 달아날 게 뻔한 짓을 하라는 말인가?"

"걱정할 필요 없어요. 루디아 님은 단지 그 정보의 내용을 알고 싶으신 것뿐이에요. 그걸로 로반 님을 곤란하게 만들 생각은 조금도 없거든요."

"더 들을 생각 없으니 꺼져라. 당장 사라진다면 내 이 일은 묻어 주마!"

마랄이 단호하게 외쳤지만, 비엔은 그의 말에 오히려 미소를 지었다.

만약 진심으로 더 들을 생각이 없었다면, 마랄은 당장 비엔을 붙잡아야 했다. 그런데 오히려 일을 조용히 묻어 주겠다고 말했다. 그 말은, 일단 제안을 해보라는 말이나 다름없었다.

그렇다고 그런 마랄의 속을 낱낱이 까발릴 필요는 없다. 상황을 주도하게 해 준 후에 끌려가는 척하며 하고 싶은 말을 하면 되기 때문이다. 상대의 자존심을 깔아뭉개지 않으면서 원하는 것을 얻어내는 방법 중 하나였다.

"그래도 말을 끝까지 하게 해 주는 게 여자에 대한 배려가 아닐까요? 그래야 저도 루디아 님께 가서 할 말이 있지요."

"거절한다고 했을 텐데?"

여전히 고개를 젓고 있지만, 목소리는 한결 누그러졌다.

그리고 비엔은 기회를 놓치지 않았다.

"로반 님에 대해서 어떻게 생각하시죠?"

"뭐?!"

전혀 얘기치 못한 질문에 마랄이 잠시 할 말을 잃었다. 그리고 그때부터 상황은 비엔이 이끌었다.

"저는 그분이 오랫동안 지금의 자리, 그러니까 두 번째 서열에 있을 거라는 생각에는 상당히 회의적이라서 말이죠."

"이년이 감히 어디서 주둥이를 함부로!"

"하지만 목소리에는 힘이 안 들어가 있네요?"

비엔의 말대로다.

입으로는 욕을 하고 있지만 마랄의 목소리에는 확신이 없었다. 그 역시 어렴풋이 그렇게 느끼고 있기 때문이다.

로반의 과도한 일처리 방식은 써클루스 내에서도 모르는 이가 없다. 그가 무시무시한 능력을 가지고 있음에도 불구하고 오랜 세월 서열 밖으로 밀려나 있던 것이 바로 그것 때문이었다.

마랄이 애써 로반의 신임을 얻고자 하는 이유는, 그의 욕심 때문도 있었지만 조금이라도 빨리 자신의 입지를 확고히 하기 위해서였다. 나중에 로반에게 무슨 일이 생긴다 해도 자리를 보전할 길은 그 방법밖에 없기 때문이다.

그러니 지금은 비엔의 말이 현실이어서는 곤란했다. 로반은 좀 더 오래 버텨야 했다. 마랄 자신이 제대로 입지를 다질 때까지는.

"한 번만 더 그딴 식으로 주둥이를 놀리면 아주 혀를 뽑아 버리겠다!"

"훗, 알았어요. 그나저나 아쉽겠네요? 루디아 님께서 당신의 자리는 확실하게 만들어 주신다고 하셨는데……."

"뭐라고……?"

비엔의 입가에 회심의 미소가 떠올랐다.

마랄의 눈동자가 희미하게 떨리는 것을 보았기 때문이다.

"궁금하시면 계속 이야기를 해도 좋은데……."

은근슬쩍 말끝을 흐리는 비엔. 마랄이 잠시 헛기침을 하고는 말을 이었다.

"그렇다 해도 루디아 님 역시 제대로 일을 처리하지 못하고 있는 것은 매한가지가 아닌가?"

마랄이 루디아에 대한 이야기를 꺼냈다면 더 이상 실패할 위험이 없다고 봐도 무방했다. 그렇게 확신한 비엔이 조금은 홀가분한 기분으로 말했다.

"어머! 그걸 진짜라고 생각했었어요?"

"뭐?"

"언제 루디아 님의 일처리가 그렇게 느릿한 걸 본 적이 있었나요?"

"그렇기는 하지만……. 어쨌든 지금 맡은 일에 문제가 있다는 것은 분명한 사실이다."

"후후, 걱정마세요. 루디아 님은 단지 때를 기다리고 있는 것뿐이니까."

"때?"

관심을 가지고 되묻는 마랄을 향해 루디아가 새침한 표정으로 말했다.

"너무하시네요. 그런 식으로 루디아 님의 정보를 빼내려는 건가요? 어차피 관심도 없다고 했으면서?"

"말할 생각이 없다면 더 말하지 마라."

"음, 그럴까요? 뭐, 더 이상 듣지 않으시겠다면 저도 하지 말아야죠. 그래도 아쉽네요. 루디아 님은 약속을 헛되이 남발하시는 분이 아닌데 말이에요."

"으음……."

마랄이 갈등 어린 표정으로 신음을 흘렸다.

마스터의 신임을 얻고 자기 자리를 확고히 한다는 것은 써클루스에는 상당히 힘든 일이었다.

작은 실수 하나만으로도 목이 달아나는 곳이 바로 써클

루스였다. 그런 곳에서 크로한의 신임을 받고 있는 루디아가 자리를 지켜 주겠다고 하는 것은 상당히 좋은 제안이었다.

'어떻게 한다?'

그때 비엔이 더 이상 이야기를 하지 않겠다는 듯 홱 방향을 틀었다. 마치 떠날 채비를 하는 듯한 모습이었다.

그리고 그런 그녀의 뒤통수를 향해 마랄의 외침이 터져 나왔다.

"잠깐!"

귓전을 맴도는 마랄의 외침에 비엔이 짙은 미소를 지었다.

§ § §

쏴아아아, 철썩!

잔잔한 바다 위에 느릿하게 파도가 몰려가다 갑자기 앞을 막는 거대한 벽에 가로 막혀 하얀 포말과 함께 사라진다. 그리고 뒤이어 다시 느릿한 파도가 천천히 너울을 만들며 다가온다.

그로니스 제국령, 구 모렐리아 공화국 남부의 무베크 항구 남서쪽 해상.

사방을 둘러봐도 보이는 것은 수평선밖에 없는 바다 위.

뭍에서 꽤나 멀리 떨어져 있는 탓에 지나다니는 배조차 보이지 않는 망망대해 위에 수십 척의 상선들이 모여 닻을 내리고 있었다.

그리고 그 상선들의 중심에 메일린호가 있었다.

이전에는 데릭과 힐더, 세이나가 머물렀던 이 배의 갑판 위에 지금은 리카이엔과 카이스, 조엘을 포함한 여러 사람이 둥그렇게 둘러앉아 있었다.

덧붙이자면, 주위에 떠 있는 상선에는 과거 리카이엔과 카이스의 병사였던 이들이 자리를 잡고 있었다.

"모두 오느라 수고가 많았다."

리카이엔의 첫마디에 카이스가 싱글벙글 웃으며 말했다.

"크크크, 수고는 무슨! 네 덕분에……."

그리고 리카이엔이 단칼에 카이스의 말을 잘랐다.

"너 빼고."

"윽! 이 자식……!"

매몰찬 리카이엔의 말에 카이스의 이마에 갑자기 핏대가 불룩 솟았다.

하지만 카이스가 뭐라고 말을 하기도 전에 옆에 있던 조엘이 한 마디 거들었다.

"맞네. 넌 빼야겠다."

그리고 프리엘라가 마무리 지었다.

"빠지라잖아요."

카이스가 울컥한 나머지 불쑥 주먹을 들어 올렸지만 휘두를 곳은 없었다.

결국 할 수 있는 것이라고는 팔짱을 끼고 홱 고개를 돌리는 것뿐.

"쳇!"

하지만 누구도 동조해 주지 않는다.

카이스가 타고 온 배 때문이었다. 카이스를 제외한 리카이엔과 조엘, 프리엘라, 라울은 무베크 항구에서 메일린호를 타고 온 반면, 카이스는 혼자 바스로덴 항구에서 이네일린호를 타고 왔던 것이다. 그리고 이네일린호는 아네스와 도번 후작이 지난 1년 동안 선상 생활을 했던 배였다.

불퉁한 표정을 짓고 있는 카이스를 향해 결국 프리엘라가 한 마디를 더 보탰다.

"배 옮겨 탈 때 보니까 입이 귀에 걸리다 못해 아주 찢어질 것 같더니만. 쩝, 뭘 바라는 건지……."

그리고 카이스는 한 번 더 세차게 고개를 돌릴 뿐이었다.

"쳇!"

가만히 보면 프리엘라가 속 긁어대는 말을 제일 잘한다는 사실을 다시 한 번 깨달으며.

그 사이 리카이엔이 이야기를 이어 갔다.

"새삼스러운 이야기지만 일 년 동안 아주 잘 참았다. 그동안 내가 말한 대로 준비는 잘해 뒀겠지?"

"물론입니다!"

함께 앉아 있던 이들 중, 무뚝뚝한 표정을 짓고 있던 세 명의 사내가 갑자기 큰소리로 외쳤다.

리카이엔과 카이스는 병사들을 상단과 선단에 배치할 때 기존의 소속을 완전히 지우고 새롭게 자리를 정했다. 그리고 군대의 조직도 1군, 2군, 3군으로 나누었다.

상단으로 들어간 부대가 1군과 2군, 그리고 선단으로 간 부대가 3군이었다. 지금 대답한 세 사람은 바로 각 군의 수장인 군장들이었다.

세 군장의 절도 있는 외침 뒤로 한 중년 사내가 끼어들어 말했다.

"정말 열심히들 했지요. 장사에 지장이 생길 정도였으니 말 다 한 거 아니겠습니까?"

내용은 투정인데 얼굴은 웃고 있는 중년의 사내는, 다름 아닌 카론 상회의 상주인 카론이었다.

"카론도 내가 말했던 건 준비를 잘해 두었겠지?"

"물론입니다. 명령이 떨어지는 즉시, 말씀하셨던 상태가 될 겁니다."

"수고했어."

고개를 끄덕인 리카이엔이 시선을 돌려 누군가를 찾더니, 커다란 덩치에 수북하게 수염을 기르고 있는 사내를 향해 물었다.

수염에 드문드문 흰수염이 섞여 있는 것을 보니 적어도 50줄은 되어 보이는데 우락부락한 근육이 도저히 나이를 가늠할 수 없게 만드는 사내였다.

"어떻습니까?"

"크하하, 뭘 새삼스레 물어보는 거요? 한 마디만 하면 바로 끝나는 거요!"

카이스와 리카이엔이 인수한 배들은 독립적인 상선으로 움직였지만, 실제로는 한 사람에 의해 체계적으로 항구와 항구 사이를 오갔다.

방금 리카이엔에게 화통한 목소리로 대답했던 커다란 덩치의 사내, 칼비온에 의해서였다.

"잘 부탁드립니다."

칼비온이 제 가슴을 탕탕 두드리며 여전히 커다란 목소리로 외쳤다.

"크하하하, 맡겨만 주시오!"

칼비온의 정체를 아는 사람은 오직 한 명, 리카이엔밖에 없었다. 어느 날, 리카이엔이 데려와 선단의 지휘를 맡겼기 때문이다.

정보 길드의 마스터인 조엘조차 칼비온에 대해서는 전혀 모르는 눈치. 그러고 보면 처음 카론을 데려와 상단의 주인을 맡겼을 때도 다들 고개를 갸웃거렸다.

하지만 결과적으로 리카이엔이 데려온 두 사람은 뛰어난

인재였다.

카론은 대륙의 동부를 장악한 브렌 왕국에서 가장 큰 상회를 일구어냈다. 그리고 칼비온은, 언제 어떤 변수가 생길지 모르는 바다를 항해하는 모든 상선들의 항해 일정을, 시간 단위까지 정확하게 예측해 카론 상회에 맞먹는 성과를 이루어냈다.

"이제부터는 언제 상황에 변화가 찾아올지 모른다. 하지만 모두에게 내가 생각하고 있는 큰 그림에 대해 알려 주었으니 상황이 바뀌게 되면 각자의 판단대로 움직이도록."

리카이엔의 말에 모두가 고개를 끄덕이는데 조엘이 불쑥 물었다.

"그런데 말이다. 으음, 사실 이제 와서 묻는 것도 좀 애매하다만……."

"말해 봐."

"정말 이 병력 가지고 되겠냐?"

"응? 그게 무슨 말이냐?"

리카이엔이 이해가 안 된다는 듯 되물었다.

"너도 놈들의 규모를 모르지는 않잖아?"

완전히 숨어 지낼 때는 몰라도, 일단 한 번 모습을 드러낸 이상 아트룸 길드의 눈길을 피하는 것은 거의 불가능에 가깝다.

1년 전, 카이스의 결혼식장에 써클루스 놈들이 모습을

드러낸 후 조엘은 집요하게 그들을 파고들어 갔다. 그 과정에서 꽤 손실도 있었지만, 어쨌든 놈들에 대해 많은 것을 알아내기도 했다.

그리고 그 결과는 상상 이상이었다. 그야말로 무시무시할 정도로 엄청난 규모였다.

써클루스라는 집단 자체에 속해 있는 이들, 바이론인으로 구성된 이들은 대략 1만여 명 정도였다. 그 1만 명도 입이 쩍 벌어질 정도로 많은 수였지만 그보다 더 무서운 점은, 써클루스에 포섭되거나 자신도 모르게 그들의 뜻에 따라 움직이는 이들의 수가 엄청나다는 점이다.

대부분이 자신의 병력을 소유하고 있는 영주들이었는데, 무려 대륙 전체의 절반에 가까운 규모였던 것이다.

리카이엔과 카이스, 조엘은 지금 그들을 상대하려 하고 있는 것이다.

조엘의 걱정이 바로 그것이었다. 대륙 절반을 차지한다는 모든 힘이 다 투입되지는 않겠지만, 그들 중 1할의 병력만 투입된다 해도 자신들이 상대하기가 힘들어지기 때문이다.

하지만 리카이엔은 고개를 저었다.

"전에 말 안했나?"

처음 계획을 세울 당시에도 한 번 했던 이야기였다.

써클루스의 규모에 대해 실감을 했기에 그런 걱정을 하

지 않을 수 없었던 것이다. 그래서 꺼낸 방법이 엘리샤가 포섭한, 아직은 조용히 자신을 드러내지 않고 있는 각 지방의 영주들도 함께 싸우자는 것이었다.

하지만 리카이엔은, 대륙의 절반이나 차지한다는 그 모든 병력이 올 리가 없다고 내다봤다.

"물론 니 말도 일리는 있다. 하지만 어떻게 나올지 모르는 거잖아. 단순히 생각해 봐도, 제국의 한 개 백작군 규모만 더 들어와도 우리 병력이 현격하게 열세다."

"하나가 움직이면 둘이 드러나고, 그게 넷의 꼬리를 드러낼 수도 있다. 게다가 놈들의 목적은 아무리 봐도 대륙 정복이야. 그런 큰 꿈을 꾸고 있는 놈들한테, 우리가 그만큼 병력을 동원해야 할 수준으로 보일 것 같으냐?"

"아주 흔하지만 그런 말이 있지. 사자는 토끼를 잡을 때도 전력을 다한다고."

"자신들의 큰 목표가 멀어질지도 모를 위험을 감수할 리가 없다. 잘못하면 진짜 목표 자체를 포기해야 할지도 모르는 일이니까. 놈들한테 우리는, 그저 먼 길 가는데 발에 걸리는 돌부리 정도밖에 안 되거든."

"그걸 어떻게 장담할 수 있냔 말이다."

조엘이 답답한 표정으로 물었다.

만약 이게 잘못된 판단일 경우, 자신들은 아무것도 못하고 그대로 죽을지도 모르는 일이다.

하지만 리카이엔은 확신에 차 있었다.

"그런 놈들 대가리는 훤하거든."

"뭐?"

"자기가 제일 잘났다고 생각하는 종자들 머릿속에 뭐가 들었는지 훤하다고. 지금까지 해 온 일만 봐도 그렇고."

"그런가?"

조엘이 살짝 인상을 찡그리며 생각에 잠겼다. 그러더니 저도 모르게 천천히 고개를 주억거렸다. 다른 건 떠나서, 지금까지 놈들이 직접적으로 움직인 경우가 거의 없었다. 지난 정복전쟁만 해도 각국의 지도자들을 구슬려 만들어낸 일이 아닌가.

그들이 직접 움직인 것은 유일하게 카이스의 결혼식장을 습격한 것이었다.

"카이스 결혼식 때 달려온 건, 그나마 우리를 높게 쳐준 거라고 봐야 되나?"

"그런 셈이지."

"거참, 더럽게 고맙네!"

"크크크, 고마우면 보답을 해야지."

"그래야겠네."

"그럼 이제 슬슬 움직여 볼까?"

잠시 후, 대륙 남부 해상에 모여 있던 배들이 천천히 흩어지기 시작했다.

§　　§　　§

"겨우 찾았더니 갑자기 바다로 나갔다고?"

나지막한 목소리로 중얼거리는 베르무크의 인상은 딱딱하게 굳어 있었다.

그 앞에 서 있던 바록이 굳은 표정으로 고개를 끄덕였다.

"그렇습니다."

"어디로 향하고 있더냐?"

"추적을 했습니다만 갑자기 연락이 끊어졌습니다. 아무래도 놈들에게 당한 모양입니다."

"바록, 네 능력이 겨우 이 정도밖에 안 되었던 것이냐?"

"죄, 죄송합니다."

바록이 급히 머리를 조아렸지만, 베르무크의 표정은 좀처럼 풀어지지 않았다.

"마음에 들지 않는군."

한층 나지막한 목소리로 중얼거리며 고개를 젓는다.

마음에 들지 않는 정도가 아니다. 상황은 아주 좋지 않은 방향으로 흘러가고 있었다.

베르무크는 자신의 의도대로 흘러가지 않는 상황, 즉, 통제할 수 없는 상황을 아주 싫어했다.

의도와 어긋나게 일이 진행된다는 것은, 그 상황에 끌려

다녀야 한다는 뜻이다. 그리고 끌려 다녀야 한다는 건 계획을 제대로 실행할 수 없다는 말이고, 최종적으로는 원래의 목적을 이룰 수 없다는 것을 의미한다.

"어디서부터 잘못된 거지?"

처음에는 계획대로였다.

자신과 바록이 죽은 것으로 처리한 다음, 써클루스의 계획 중간 중간에 자신들의 의도를 숨겨 놓는 것은 계획대로였다. 그리고 헤크론 산으로 가서 원하는 힘을 손에 넣었다.

그런 후에, 원래는 아이젠 백작을 이용해 써클루스를 견제할 생각이었으나 뜻대로 되지 않아 잠시 문제가 생겼었다. 하지만 리카이엔을 대타로 만들어 무난하게 일을 처리했다.

"흠!"

문제가 생긴 것은 그 다음이었다. 리카이엔과 써클루스가 서로 견제만 하는 것을 막기 위해 충돌을 시킨 것. 그 직후에 일이 발생했다.

그론스트 백작의 결혼식 이후, 리카이엔이 갑자기 종적을 감춰 버린 것이다. 그것도 무려 1년이라는 시간 동안.

계획대로라면 벌써 리카이엔은 죽고, 써클루스는 빈사 상태가 되어 있어야 했다. 그래야만 최종적인 목적을 이룰 수가 있었다.

"크음……."

베르무크의 입술 사이로 신음이 새어 나왔다.

문제가 발생한 것은 리카이엔이 모습을 숨기면서부터였지만, 실제로 잘못된 선택을 한 것은 그보다 더 이전이었다.

"써먹을 놈을 잘못 골랐군."

아이젠 백작을 써먹지 못하게 된 후, 써클루스의 또 다른 대항마로 리카이엔을 선택한 것이 문제였다. 상식선에서 생각할 수 없는 행동을 하는 것은, 전체적인 계획에 어떤 변수로 작용할지 모른다는 의미였다.

실제로 리카이엔은 영지를 버리고 잠적해 버렸다. 보통의 영주라면 절대 생각할 수 없는 일이었다. 하지만 리카이엔은 그 일을 했고, 결과적으로 베르무크의 계획은 틀어졌다. 영지를 버린 순간, 써클루스와의 싸움 자체가 성립되기 힘들기 때문이다.

"그게 가장 큰 실수였던 게로군."

베르무크의 말에 바록이 죄스러운 표정으로 말했다.

"당시 그를 대항마로 이용하자고 했던 것은 저의 생각이었습니다. 그게 이렇게 작용할 줄은……."

실제로 당시에 리카이엔을 이용하자는 생각에 베르무크는 꺼려지는 마음이 있었다. 하지만 바록이 강하게 주장을 했고, 베르무크는 그것을 받아들였다.

즉, 결과적으로 최종적으로 결정을 내린 사람은 베르무크 본인이다. 베르무크는 그러한 문제에 대해 남의 탓을 하는 멍청한 짓은 절대 하지 않았다. 사태를 객관적으로 파악하지 못하면 결국 모든 것이 틀어진다는 것을 알기 때문이다.

"어차피 허락을 한 것은 나다. 그러니 그에 대한 이야기는 꺼낼 필요가 없다. 문제는 이 일을 어떻게 해결하는가 하는 것이다. 차후에 놈이 어떻게 움직일지 감이 잡히는 일이 있느냐?"

단순히 리카이엔의 행적을 찾을 수 없다는 것은 문제가 아니다.

하지만 그 정도로 상식선에서 벗어난 생각을 할 수 있다는 것은, 이쪽에서 생각한 것보다 훨씬 더 강한 힘을 가지고 있을 가능성도 배제할 수 없다는 뜻이다. 그 의외로 강한 힘이 있을 수도 있다는 것이 문제였다. 그 강한 힘으로 써클루스를 무너트릴 위험도 있기 때문이다.

"프로커스 백작을 좇던 부하들의 연락이 끊어진 후, 같은 시기에 바다로 나간 배들에 대해 조사를 했습니다."

"숨어 있던 놈이 움직이기 시작했다면, 그의 다른 병력들도 움직일 가능성이 있겠지. 그래서 결과는?"

"예, 비슷한 시기에 짐도 제대로 싣지 않고 바다로 나간 상선들이 여럿 있었습니다. 지금 그들의 목적지를 알아내기 위해 조사 중입니다."

"늦군. 좋지 않은 징조… 흡! 누구냐!"

인상을 찡그리며 고개를 흔들던 베르무크가 갑자기 큰소리로 외치며 손을 뻗었다.

동시에 베르무크의 손끝 어림에서 날카로운 파공성이 울리는가 싶더니 주변의 공기가 격렬하게 일그러졌다.

퍼석!

찰나의 순간. 베르무크가 손을 뻗는 동시에, 그가 가리킨 쪽의 벽이 갑자기 시커멓게 변하더니 그대로 삭아 내리기 시작했다.

그리고 갑자기 흘러나온 미성의 목소리.

"호호호호, 감이 좋으시군요!"

"여자?"

작은 목소리로 중얼거리며 소리가 난 쪽으로 고개를 돌리는 베르무크의 양손에는, 어느새 시커먼 안개가 뭉쳐 허공에 떠 있었다.

"어서 나오는 것이 조금이라도 오래 사는 방법일 것이다."

베르무크의 말이 끝나기가 무섭게, 소리가 난 곳의 공간이 갑자기 아지랑이처럼 일렁이는가 싶더니 어느새 한 사람이 모습을 드러냈다.

그리고 베르무크와 바록의 입에서 동시에 당혹스러운 외

침이 터져 나왔다.

"루디아!"

"호호, 저를 기억해 주시다니 영광이군요."

천천히 허리를 숙여 인사를 하는 루디아. 그런 그녀의 주위로 무언가가 둥둥 떠 있었다. 방금까지 베르무크의 손바닥 위에 떠 있던, 검은 안개 같은 덩어리였다.

"어머, 이거 미녀를 맞이하는 예의가 아니지 않나요?"

루디아가 능청스러운 표정으로 묻는다.

"여긴 어떻게 왔지?"

베르무크가 나지막한 목소리로 묻는 순간, 루디아 주위에 떠있는 검은 덩어리에서 위협이라도 하듯 파지직 불꽃이 튀어 올랐다.

"그야 베르무크, 당신을 만나러 왔지요."

"그 말은… 크로한이 내가 살아 있다는 사실을 알고 있다는 말인가?"

"그럴리가요? 이 사실을 알고 있는 사람은 몇 명 안 된답니다. 그런데… 이거 좀 치워 주시면 안 될까요?"

루디아는 아주 여유로운 표정으로 자기 주변을 떠다니는 검은 덩어리를 가리키며 말했다.

"흠."

베르무크가 짧게 숨을 들이키며 천천히 루디아 주변에 떠 있던 검은 덩어리를 치웠다.

그 모습을 본 바록이 천천히 루디아의 뒤쪽으로 향했다.

"쓸데없는 짓은 하지 말라."

급히 멈춰 선 바록이 다시 원래의 자리로 돌아오는 사이, 베르무크가 루디아를 향해 자리를 권했다.

"딱히 상황이 좋을 때가 아니라 차를 대접하기는 힘들지만 자리에라도 앉아."

"감사해요."

루디아는 여전히 싱긋 웃는 얼굴로 베르무크의 맞은편에 앉았다.

"그래, 나에게 무슨 볼일이 있는 건가?"

"단도직입적으로 말하죠. 저를 거두어 주세요."

생각지도 못한 말에 바록이 깜짝 놀란 표정을 지었지만, 베르무크는 아무렇지도 않은 얼굴로 대답했다.

"지금 그게 말이 되는 일이라고 생각하나? 내가 왜 널 거두어야 하지? 아니, 그전에 네가 나에게 올 이유가 없을 텐데?"

"후후, 이 한마디로 납득을 할 수 있을지 모르지만… 저는 크로한이 싫어요."

"싫은 사람 밑에서 명령을 듣는 일은 고역일 텐데? 이제 한 5년쯤 되었나?"

루디아의 나이 이제 겨우 스물넷. 다시 말해 겨우 열아홉의 나이로 조직의 수뇌부 자리를 차지했다. 그것도 순전히 자신의 실력으로 그 자리에 오른 것이다.

게다가 그간 베르무크가 보아 온 루디아는 그 5년 동안 아주 헌신적으로 크로한의 명령을 수행했었다. 그런 그녀의 입에서 크로한이 싫다는 말이 나오니 쉬이 믿을 수가 없는 것이었다.

루디아가 그렇게 생각하는 게 당연하다는 표정으로 고개를 끄덕였다.

"원래부터 싫어하지는 않았어요. 하지만 상황이 변했죠."

"상황이라?"

"1년 전, 카루안이 죽었어요."

아주 잠깐이었지만 말을 하는 순간 루디아의 얼굴에 짙은 슬픔이 떠올랐다. 그것을 본 베르무크가 조금은 이해한 표정으로 말했다.

"그럴 수도 있겠군. 카루안은 네 스승이었으니까."

하지만 루디아는 고개를 저으며 베르무크의 말을 정정했다.

"스승인 동시에 연인이었지요."

"음!"

베르무크의 입에서 침음성이 흘러나왔다.

조직의 2인자였던 카루안이 루디아를 가르쳤다는 사실을 알고 있었지만, 연인의 관계였다는 것은 미처 생각지 못했던 것이다. 그도 그럴 것이 두 사람 사이의 나이 차이가 무려 스무 살이나 났기 때문이었다.

하지만 루디아의 얼굴에는 진심이 묻어 나왔다. 그리고 거짓말을 할 생각이었다면, 좀 더 그럴싸한 이야기를 했을 터. 이렇게 믿기 힘든 이야기라면 오히려 사실일 가능성이 높았다.

"나쁘지 않은 이야기로군."

베르무크의 얼굴에 미소가 떠올랐다. 실제로 루디아가 자신의 밑으로 들어온다면, 꼬였던 상황들을 단번에 타개할 수가 있었다.

가능성이 낮다고는 하지만, 만약 루디아가 거짓으로 투항해 오는 것이라 해도 상관없었다. 그녀가 지금 눈앞에 온 이상, 앞으로는 언제라도 그녀를 제거할 수 있기 때문이었다.

"그럼 받아들이시는 건가요?"

루디아의 물음에 베르무크가 크게 고개를 끄덕였다.

"좋은 제안인 것 같군."

"호호, 아주 화끈한 분이시군요. 어째서 이런 사람을 써클루스 내에서는 알아보지 못했던 걸까요?"

"그때는 내가 스스로를 숨기고 있었으니까."

"아, 한 가지 알려드릴 게 있어요."

"뭐지?"

"당신이 찾고 있는 프로커스 백작에 관한 이야기죠."

"음? 써클루스에서는 그의 행적을 알고 있단 말인가?"

베르무크가 반색을 하며 물었다. 그의 행적은 꽤나 중요한 정보이기 때문이다.

하지만 루디아는 고개를 저었다.

"우리도 알지 못했어요. 그를 쫓다가 놓쳤거든요."

"그렇다면?"

"그런데 그가 직접 연락을 해 왔어요."

"연락을? 무슨 내용이지?"

"북부 설원에서 보자고 하더군요. 그리고……."

루디아가 말끝을 흐리며 저도 모르게 피식 웃어 보였다.

"그리고 뭐라고 했지?"

"그가 보낸 편지에 쓰여 있던 얘기를 그대로 말할게요."

베르무크가 고개를 갸웃거렸다. 도대체 무슨 말을 했기에 이렇게 뜸을 들인단 말인가?

"한판 붙자."

"뭐?"

"그렇게 쓰여 있었어요. 한판 붙자고."

§ § §

잎이 뾰족한 침엽수 20여 그루가 옹기종기 모여 있는 작은 숲. 땅바닥을 포함해 모든 것이 하얀 눈에 덮여 있는 북부 설원에는 이렇게 작은 숲들이 군데군데 자리를 하고 있었다. 그 외에는 거의 모든 것이 드넓게 펼쳐진 설원이었다.

그 숲을 중심으로 설원에 여러 줄기의 연기가 피어올랐다.

"후우, 확실히 쌀쌀하군."

리카이엔이 귀까지 덮고 있는 털모자 위의 눈을 털어내며 나지막이 말했다. 옆에서 잔뜩 웅크린 채 어깨를 부르르 떨던 카이스가 이를 따다닥 부딪치며 말했다.

"으으윽, 왜 하필 여기야?"

"인마, 엄살 좀 그만 떨어. 사내 자식이 이 정도 추위에."

"그건 개인 차가 있는 거거든?"

"마스터씩이나 된 놈이 이 정도 추위도 못 이기냐?"

"그래도 추운 건 추운 거야, 인마! 그리고 나는 마나 돌리는 것보다 모닥불이 훨씬 좋다!"

"큭, 아무튼 같이 있으면 심심하지는 않다니까."

카이스가 호들갑을 떨며 바닥에 주저앉아 쪼그려 앉은걸음으로 모닥불을 향해 다가갔다.

"아무튼 왜 하필 여기냐? 우리야 그렇다고 쳐도, 병사들은 여기서 싸우려면 힘들다."

"그건 놈들도 마찬가지다."

"그거야 그렇겠지만, 어쨌든 우리가 수적으로 열세잖아."

"수는 중요한 게 아니라는 거 너도 알잖아."

"그럼 뭐가 중요한데?"

"요상한 술법을 쓰는 놈들. 마법사들도 그렇지만 술법을 쓰는 놈들도 비슷해. 육체적으로 단련을 하는 놈들은 그리 많지가 않아. 놈들의 비율이 술사들이 훨씬 더 많으니, 우리한테는 오히려 이런 환경이 더 좋은 거지."

특히나 바이론인들의 술법은 꽤나 무서운 편이었다. 종류도 다양하고 기괴한 것이 많아서 종잡기가 힘들다. 하지만 마법사들과 비슷하게 육체적인 단련을 많이 하지 않는 술사들이라면, 이런 환경에서의 움직임을 극단적으로 제한될 것이 분명할 거라는 계산이었다.

리카이엔의 말에 카이스가 고개를 갸웃거리며 말했다.

"흐음……. 꼭 그렇지만은 않은 거 같은데?"

"응?"

리카이엔이 고개를 갸웃거리며 되묻자, 카이스가 모닥불을 향해 뻗은 손은 그대로 고정한 채 턱짓으로 한쪽을 가리키며 말했다.

"저, 저기 안 보이냐?"

천천히 카이스가 가리킨 방향으로 시선을 돌리던 리카이

엔이 저도 모르게 피식 웃고 말았다.

프리엘라를 비롯한 바이론인들이 두꺼운 옷으로 온몸을 감싼 채 돌아다니고 있는 것이 보인 탓이다.

"그러니까 우리가 더 유리한 거지."

프리엘라와 바이론인들은 모두가 클리머스를 쓰는 술사들이었다. 이번 싸움에서 가장 든든한 지원군이라 할 수 있었다. 리카이엔은 이미 반년 전부터 이 싸움을 위해 저들의 체력을 철저하게 단련시켜 놓았다.

추위와의 싸움은 결국은 몸에 비축하고 있는 체력으로 판가름 나기 때문이다.

그때였다.

쏴아아아아!

갑자기 눈이 쓸리는 소리가 울리며 저 멀리 무언가가 이쪽으로 달려오고 있었다.

두 마리의 순록이 끄는 눈썰매였다.

이 순록은 과거 이 설원을 터전으로 살아가던 블리젠 부족이 야생의 순록을 잡아다가 길을 들여 유용하게 이용을 했던 종으로 흔히 블리젠 순록이라 불렀다.

블리젠 부족은 이 순록을 주로 운송 수단으로 이용했는데 그 종류가 다양했다. 한두 마리가 끌면서 두세 명 정도가 타고 다니는 것부터, 여덟 마리가 끌고 썰매의 크기도 엄청나게 커서 짐수레로 쓰거나 한 번에 20여 명이 탈 수 있는 것도 있었다. 그리고 때로는 이 순록에 안장을 얹어 말 대신 타고 다니기도 했다.

제국에 의해 블리젠 부족 대부분이 사라진 지금 리카이엔이 그것을 이용하고 있는 것이었다. 정확하게는 카론 상단을 통해 비밀리에 준비해 놓은 운송 수단이었다.

"왔군!"

썰매에 타고 있는 두 명의 병사는 리카이엔이 보낸 정찰병이었다. 저들이 달려왔다는 말은, 적이 나타났다는 뜻.

고개를 끄덕인 리카이엔이 큰소리로 외쳤다.

"전투 준비!"

# Chapter 7.

# 개전

"쥐새끼가 달려가는군요."

로반이 경멸 어린 미소를 지으며 말했다. 그런 로반의 시선 끝에는, 한 대의 순록 썰매가 설원에 한 쌍의 긴 자국을 남긴 채 미끄러지고 있었다.

"건방진 놈이로군."

크로한이 나지막한 목소리로 말했다.

그러더니 갑자기 한쪽 입꼬리가 삐죽 솟아올랐다. 리카이엔이 보낸 편지를 생각하니 어처구니가 없어 웃음만 나온다.

일 년 동안 숨어 있던 놈이 갑자기 튀어나와 편지라는 걸 보냈다. 그런데 그 편지의 내용이라는 게, 아무리 생각해도 유치하다라고밖에 생각할 수 없었다. '한판 붙자.'라니. 도대체 어디서 이런 뻔하고 도발적인 말을 쓴단 말인가?

홀로 생각에 잠겨 있는 크로한을 향해 로반이 조심스레 말했다.

"이런 일에 직접 오실 필요까지 있겠습니까? 혹시 위험할지도 모르니 저에게 맡기시고 안전한 곳에서 관전을 하시는 게 좋을 듯합니다."

하지만 크로한은 고개를 저었다.

"직접 가야겠다."

"하지만 눈 먼 화살은 그만큼 피하기 힘든 법입니다."

정말 별것 아닌 놈이다. 하지만 이상하게도 신경을 긁어댔다.

오랜 세월 근거지였던 페르그란데 산맥의 성지를 버릴 수밖에 없게 만든 것도 그였고, 제대로 공격을 했음에도 살아났으며, 갑자기 종적을 감추는 바람에 일 년 동안이나 신경을 긁어대더니, 뜬금없이 나타나 도발을 하는 바람에 허탈하게 만들었다.

하나하나 따로 놓고 보면 그냥 무시해도 될 문제인데, 한꺼번에 나열해 보면 상당히 마음에 들지 않는 녀석이다. 게다가 놈 때문에 계획에 차질까지 생겼다. 이상하게도 놈을 처리하지 않고는 다음 계획으로 넘어가기가 힘들었던 것이다.

그런 놈이니 직접 보아야겠다는 생각이 들었다.

얼굴을 똑똑히 보고, 죽고 싶어도 죽지 못한 채 고통에 질려 사그라져 가는 놈의 얼굴을 분명하게 두 눈에 새겨야 했다. 그렇지 않으면 끝까지 뒷맛이 개운하지 않을 것 같았다.

게다가 이제 와서 빠질 생각이었다면 여기까지 오지도 않았다.

크로한이 나지막한 목소리로 로반에게 주의를 주었다.

"네가 날 가르치려 드는 것이냐?"

"그, 그런 것이 아니라 위험하실 듯하여……."

"네가 그렇게 주제를 모르는 놈이었던가? 염려라는 것은 자기보다 약한 자에게 하는 것이다. 아니면 네 힘이 나보다 위에 있다고 생각하는 것인가?"

"제, 제가 어찌 감히!"

"그렇다면 더 이상 말하지 말라."

"알겠습니다."

로반이 급히 허리를 숙이는 사이, 크로한이 천천히 말을 몰았다.

뿌드득, 뿌드득.

말 발굽이 쌓인 눈을 짓누르는 소리와 함께 크로한이 앞서고 로반과 루디아, 아론이 황급히 그 뒤를 쫓았다. 그 뒤로 말을 탄 2천여 기의 써클루스 기마병들과 3천의 전사들이 천천히 따랐다.

"놈들의 위치는?"

루디아가 정면에 보이는 야트막한 언덕을 가리키며 말했다.

“예, 저 언덕 너머의 숲 근처에서 대열을 짜고 있습니다.”

크로한이 갑자기 걸음을 멈추며 물었다.

“지금 이 설원에서 정면충돌로 전투를 해 보자고 덤비는 거란 말인가?”

미리 도전장을 보내고, 평원에서 양쪽의 부대가 서로 마주보고 있다가 돌격하여 전투를 벌이는 것은 아주 오래전에 사라진 전투 양식이다. 평야의 전투가 없어진 것은 아니지만, 이렇게 정정당당한 전투는 더 이상 없다.

“아무래도 그런 의도로 보입니다만…….”

“꽤나 고전적인 걸 좋아하는 놈이로군.”

말도 안 되는 내용이기는 했지만, 도전장을 보내더니 이번에는 결투 형식의 전투를 걸어왔다. 꽤나 고전적인 방법이라고밖에 생각할 수 없었다.

“하지만 함정을 파고 있을 수도 있습니다. 일단은 주의를 하시는 편이…….”

“그렇기야 하겠지만, 아무튼 하는 짓이 보면 볼수록 재미있는 놈이로군.”

말은 그렇게 하는데 실제로는 그리 생각하지 않는 듯, 크로한의 얼굴에는 아주 불편한 표정이 떠올라 있었다. 놈이

자꾸만 생각지 못한 방식으로 자신을 건드리는 것이 너무 마음에 들지 않았다.

'도저히 그냥 넘어갈 수가 없는 놈이야.'

좀 더 시간이 지난 뒤에, 지금의 일을 돌이켜 생각해 보면 스스로도 이렇게 유치하고 고전적인 짓을 한 이유를 이해할 수 없을지도 몰랐다.

어쩌면 지금도 조금은 그런 생각을 하고 있기도 했다. 하지만 지금 당장은 이해가 필요하지 않았다. 놈을 없애야 한다는 사실이 무엇보다 중요했다.

"이번을 기회로 놈들을 완전히 없애야겠다."

나직히 말하는 크로한의 주위로 갑자기 검붉은 기운들이 아지랑이처럼 피어올랐다.

이히이잉!

크로한이 타고 있던 말이 갑자기 고개를 좌우로 흔들며 괴로운 신음을 흘렸다. 크로한이 뿜어낸 기운의 압박으로 온몸이 괴로운 탓이다.

"흡!"

동시에 그를 호위하듯 감싼 채 말을 몰던 루디아, 로반, 아론의 얼굴에도 당혹감이 떠올랐다. 크로한이 이렇게까지 자신의 힘을 외부로 피워올리는 것은 극히 드문 일인 탓이다.

"한 놈도 남김없이 모두 이 눈밭에 묻어 버리도록."

"예, 마스터!"

그때였다.

좌아아악!

갑자기 사방에서 눈이 쓸리는 소리가 울려 퍼졌다.

"음!"

멈칫하며 재빨리 사방을 훑어보던 루디아의 얼굴에 당혹스러운 표정이 떠올랐다. 뿌연 눈보라가 피어오르더니 완전히 시야를 막아 버린 것이다.

크로한을 중심으로 대형을 유지하고 있는 5천의 써클루스 교도들을 감싸고 피어오르는 눈보라였다.

"어디서 이런 유치한 전술을!"

눈보라의 정체는 순록 썰매였다. 수십 대에 달하는 순록 썰매들이 써클루스 군대를 중심으로 거대한 원을 그리며 쉴 새 없이 달리고 있었다. 그런 순록 썰매의 뒤에는 나뭇가지들을 대충 얽어 만든 다발들이 매달려 있었다. 바닥에 쌓인 눈을 쓸어 올릴 목적으로 달아 놓은 물건이었다.

"조심하십시오!"

루디아의 입에서 반사적으로 경고성이 터져 나왔다.

크로한의 말대로 유치할지는 모르지만, 이 인위적으로 만든 눈보라로 인해 자신들의 시야가 가려졌기 때문이다.

만약 저 피어오른 눈보라를 뚫고 화살이라도 날아온다면, 큰 피해를 감수할 수밖에 없었다. 이런 상황이라면 움직이지 않고 갑작스러운 공격에 대비해야 했다.

"모두 경계 태세로!"

루디아의 걱정은 기우가 아니었다.

쐐아아아!

설원의 거센 바람 소리 사이로 들리는 날카로운 파공성. 그리고 앞이 막혀 있는 눈보라에서 갑자기 튀어나오는 화살들.

준비할 시간도 없이, 가려진 시야 때문에 갑자기 튀어나오는 것으로 보이는 화살을 제대로 막는 것은 절대 무리였다.

푹, 푸푹!

"끄아아악!"

여기저기서 화살촉이 살점을 파고드는 끔찍한 소리와 단말마의 비명이 터져 나오며, 설원은 순식간에 아수라장으로 변했다.

"흐아아아앗!"

가장 선두에 있던 크로한의 입에서 일갈이 터져 나왔다. 동시에 크로한의 몸 주변에서 피어오르던 아지랑이들이 갑자기 대나무처럼 허공을 향해 세차게 솟아올랐다.

하늘을 향해 번쩍 들어 올렸던 두 손이 갑자기 아래로 세차게 떨어져 내렸다. 그와 함께 크로한의 입에서 터져 나온 일갈.

"죽어라!"

허공으로 솟아올랐던 붉은 덩어리가 갑자기 수십, 수백 줄기로 펴지며 사방으로 긴 포물선을 그렸다.

콰과과광!

육안으로는 확인되지 않는 눈보라 너머에서 폭음이 울려 퍼지고, 그 사이로 비명이 터져 나왔다.

"이대로 뚫고 간다!"

크로한의 침착한 목소리에 이어 로반의 우렁찬 외침이 터져 나왔다.

"뛰어!"

동시에 선두에서 말을 타고 있던 전사들이 앞으로 내달리기 시작했다.

파바바바박!

쌓여 있던 눈이 거친 말발굽에 파헤쳐지며 한층 짙은 눈보라가 피어올랐다.

"흡!"

시야를 막던 눈보라를 돌파한 직후, 루디아의 입에서 당혹성이 터져 나왔다.

눈보라를 너머에서 기습을 준비하고 있을 거라는 생각에 잔뜩 긴장하고 있었는데, 아무것도 보이지 않았기 때문이다. 저 멀리 작은 숲 부근에 대열을 정비하고 있는 군대만이 보일 뿐.

'빌어먹을!'

다른 꿍꿍이를 숨기고 있기에 전투 자체에 그리 큰 신경을 쓰고 있지 않았음에도 불구하고 울컥한 감정이 치밀어 올랐다. 마치 자신들을 가지고 노는 듯한 기분을 느낀 탓이다.

그리고 그런 감정은 루디아 만이 아니었다.

"찢어 죽여도 시원찮을 놈!"

버럭 소리를 지르는 이는 로반이었다.

"마스터, 제가 먼저 가겠습니다!"

"가라!"

크로한의 허락과 동시에 로반이 앞으로 튀어나갔다. 그리고 그 뒤로 2천여 기의 써클루스 전사들이 말을 달렸다.

"확실히 돈도 많은 놈들이군!"

블리젠 순록 위에 올라탄 채, 전방을 주시하던 리카이엔이 나지막한 목소리로 중얼거렸다. 보고에 의하면 지금 상대해야 하는 놈들은 모두 5천, 그중 2천여 명이 말을 타고 있었다. 군대로 따지자면 2천여 기의 기마 부대인 셈이다. 어지간해서는 운용할 수 없는 규모의 부대들.

카이스가 고개를 끄덕이며 설명을 덧붙였다.

"죄다 체슬로니아 말이다."

지금은 망해 버린 체슬로니아 왕국의 말들은, 체구는 작지만 추위에 잘 견디고 강인한데다 푹푹 빠지는 눈 위를 아무렇지도 않게 달릴 수 있었다.

작은 체구 때문에 다른 곳에서는 군마로는 잘 이용되지 않지만, 추운 북쪽 지방에서는 전마의 역할을 제대로 하고 있었다. 게다가 강인한 체력 때문에 상인들 사이에서는 부르는 게 값일 정도로 인기가 많았다.

그런 말들을 무려 2천여 마리나 가지고 있다는 것 자체가 꽤나 어처구니없는 놈들이었다.

리카이엔이 피식 웃으며 타고 있던 순록의 목을 어루만졌다.

"하지만 우린 이 녀석들이 있잖아."

리카이엔이 이 설원을 전장으로 생각한 것은, 영지를 버리고 잠적을 생각한 그 시점부터였다. 그 1년이라는 시간 동안 카론 상단은 전력을 다해 이 순록들을 준비했다.

체슬로니아 말들이 훌륭하기는 하지만, 아무리 그래도 이 설원에서 순록들을 이길 수는 없다.

"우리도 가 볼까?"

리카이엔의 말이 떨어지기가 무섭게 그렇지 않아도 추운 설원 위로 한층 더 차가운 살기가 피어올랐다.

철컥!

가볍게 무기가 부딪치는 소리가 여기저기서 울린다.

준비되어 있는 순록은 모두 5백여 기. 그 위에 타고 있는 병사들은 모두가 공들여 키운 기마병들이었다.

"돌격!"

짧고 강렬한 외침과 동시에 리카이엔이 앞으로 튀어나갔다. 그리고 5백여 기의 순록 기병들이 철창을 수평으로 겨누고 그 뒤를 따랐다.

두두두두!

상당히 견고한 느낌을 주는 울림. 잘 훈련된 전마들이 단단한 땅을 두드리는 듯한 소리였다. 하지만 실제로는 두껍게 눈이 쌓인 설원을 블리젠 순록들이 질주하는 소리였다.

발굽이 차올리는 눈덩이들이 허공으로 떠오르고, 뒤따르는 순록의 발굽에 차여 산산이 부서지며 낮은 눈보라를 만들어냈다. 그리고 순록 기마대가 지나간 자리는, 그 거친 발굽에 난도질당한 설원이 흉한 몰골을 드러내고 있었다.

"흐읍!"

기마대 총대장 빌트의 얼굴을 완전히 감싸고 있는 투구의 틈으로 뿌연 입김이 뿜어져 나왔다.

갑옷의 틈 사이로 뼛속까지도 얼릴 듯한 냉기가 스며들었지만, 그는 조금도 추위를 느끼지 못하고 있었다. 아니, 거친 전장을 달려가는 동안 전신의 신경을 짜르르 울리는 날카로운 긴장감은 약간의 열기를 더해 주기까지 했다.

저 멀리, 뿌연 눈보라가 눈에 들어왔다. 그리고 눈보라

앞에서 내달리고 있는 거센 전마들. 2천여 기의 기마대.

"까드득!"

입김이 뿜어져 나오던 투구 사이로, 이가 맞물리는 섬뜩한 소리가 울려 퍼졌다. 동시에 몸에 열기를 더해 주고 있던 날카로운 긴장감이 한층 고조되었다.

긴 꼬리를 물고 서로를 향해 달려가던 눈보라들이 맞닥트린 곳은 발자국조차 보이지 않는 깨끗한 설원.

마주 달려오는 적의 선두에서 달리는 기마병의 갑주에 새겨진 무늬가 선명하게 두 눈에 들어오는 시점.

"흡!"

빌트가 짧은 호흡을 멈췄다. 이제 길어야 십여 초. 그 후에는 아비규환의 지옥도 속에 발을 담가야 했다.

"전원!"

커다랗고 힘찬 외침이 긴 꼬리를 늘어트리며 요란한 발굽 소리 사이로 솟구쳤다.

"돌격!"

마지막 외침이 터지는 순간, 적 선두의 기마병과 눈이 마주쳤다.

꽈아앙!

그리고 마침내 설원 위의 전투가 시작되었다.

히이이잉!

가장 먼저 비명을 내지른 것은 사람이 아니라 말이었다.

그리고 그 전과를 세운 것 또한 사람이 아니었다. 선두의 빌트가 타고 있던 순록. 그 순록이 단단한 뿔로 말의 얼굴을 그대로 들이받은 것이다.

말이라는 동물은 겁이 많은 동물이다. 흔히 전장에서 볼 수 있는 말이 사람을 밟는 광경은, 그 말이 자신은 안전하다고 판단되었기에 일어나는 일이었다. 스스로 위험하다고 판단되는 일은 절대 하지 않는 것이 말이었다.

그에 반해 블리젠 순록의 성질은 사납기가 어지간한 육식 동물 못지않았다. 특히나 리카이엔이 이끌고 있는 순록들은 모두가 수컷이었다.

가끔 사나운 곰조차 뿔로 들이받거나 발굽으로 차 버릴 정도로 사나운 성질을 가지고 있었다. 블리젠 부족 용사들의 성인식이 괜히 순록을 길들이는 일이 아니었다.

순록과 맞닥트린 말이 피범벅이 된 긴 얼굴을 사방으로 휘두르며 그대로 쓰러진 것은 당연한 일이었다.

순록 다음은 사람의 차례였다.

가장 선두에 있던 말이 몸뚱이가 옆으로 쓰러지고 그 위로 사나운 순록의 발굽이 떨어져 내리는 순간, 빌트는 정면을 향하고 있는 철창을 그러쥔 두 손에 힘을 주었다.

까가가각!

날카롭게 벼려진 창극이 적병의 갑옷 위를 긁어내리는가 싶더니 갑주의 틈 사이로 파고들었다. 동시에 빌트는 손에 쥐어진 철창이 무거워지는 것을 느꼈다. 창에 찔리는 순간 적병이 안장에서 떨어지며 그 무게가 고스란히 창에 실린 것이다.

츄욱!

빌트가 재빨리 철창을 뽑아내는 사이, 또 다른 창이 빌트의 품으로 파고들었다. 또 다른 적병이었다.

"흐아아앗!"

빌트가 호쾌한 기합을 터트리는 동시에 철창을 사선으로 걷어 올렸다.

까아앙!

요란한 쇳소리가 아플 정도로 귓전을 때렸다. 하지만 이미 빌트의 온몸을 지배하고 있는 긴장감은, 위협이 되지 않는 외부의 자극은 모두 무시할 수 있도록 감각을 통제하고 있었다.

몇 번의 쇳소리가 연달아 울려 퍼졌다. 서로 사납게 부딪친 창 사이에서 불꽃이 튀어 올랐다.

빌트는 연방 호흡을 가다듬으며 잡아먹을 듯한 눈으로 적을 노려보았다. 이미 몇 번이나 후려쳤지만, 적병의 몸을 감싸고 있는 갑옷은 여간 튼튼한 것이었다.

'이상한데?'

투구 사이로 빛나는 빌트의 두 눈에 짙은 의구심이 스쳐 지나갔다.

지난 1년간 상단의 상인으로 위장한 상태로 죽음을 넘나드는 단련을 해 온 그였다. 철창은 수없는 담금질을 통해 완성되었고, 창날은 보는 것만으로도 시린 기운이 들 정도로 날카롭게 벼려져 있었다.

그렇게 단련된 힘과 철창의 만남은 무시무시한 무기였다. 어지간해서는 베지 못할 물건이 없을 정도였다.

그런데도 불구하고 적의 갑옷은 긁히기만 할 뿐, 베어지지 않았다. 처음 죽인 적군의 선두를 찔렀을 때도, 창이 갑옷을 뚫지 못한 것에 대해 뭔가 위화감을 느꼈었는데, 그 느낌이 틀린 것이 아니었던 모양이다.

'뭔 수작을 부린 게로군!'

이미 교육을 통해 적들이 흔히 볼 수 있는 자들이 아니라는 것을 알고 있었다. 또한, 바이론인들의 기이한 술법을 사용한다는 것도 알고 있었다. 그러니 단순히 갑옷이 단단한 것이 아니라, 무언가 술수를 부렸다는 추측도 가능한 것이다.

하지만 그렇다고 상대 못할 건 없다.

"뒈져!"

버럭 소리를 지르는 빌트의 철창이 날렵한 궤적을 그려냈다. 바람을 가르는 소리도 날카롭기 짝이 없다. 조금 전까지 우악스러운 힘으로 붕붕거리며 허공을 휘젓던 창격과는 상당히 다른 느낌이었다.

빌트를 상대하고 있던 써클루스의 기마전사는 저도 모르게 두 눈을 부릅떴다. 뒤로 크게 당겼다가 거대한 원을 그리며 길게 그려진 궤적이 이상하게도 길어 보였다. 다시 말해 휘두른 창이 닿는데 조금 더 시간이 걸리는 것 같은 느낌이었다.

그렇다면 그 빈틈을 이용해 역공을 해 볼만 했다. 하지만 마음 먹은 대로 되지 않았다. 상대의 손이 느려진 만큼, 자신의 손도 느려진 것인가?

잠시 그런 의문을 가져 보았지만, 그 역시 아니었다. 그리고 서로가 느려진 것이 아니라, 자신의 감각이 극도로 예민해졌다는 결론에 도달했다.

적의 철창이 만들어내는 궤적은, 처음에는 아주 뭉툭해 보이는 듯하더니 점점 가늘어지면서 마지막에는 거의 실낱처럼 얇아졌다. 아주 미세한 흔들림까지 보일 정도로 날카로운 궤적이었다.

그리고 그만큼 날카로워진 순간, 궤적은 이미 자신의 옆구리 어림의 갑옷을 후려치고 있었다.

막아야 했는데, 느리게 보이는 상대의 창격보다 자신의 손이 더욱 느린 탓에 그러지 못한 것이다.

하지만 걱정하지 않았다. 지금 입고 있는 갑옷은, 조직의 클리먼들이 술법을 이용해 한층 더 단단하게 만들어 놓은 것이다. 이번 창격 역시 갑옷의 외부를 긁고 지나가는 수준에서 그치리라.

끼기기긱!

기묘한 소음이 울려 퍼졌다. 단순히 외부를 긁어대던 조금 전까지와는 분명한 차이가 있는 소리. 그와 동시에 한 가지 느낌이 신경을 자극했다.

마치 불에 덴 듯 화끈하면서도 호흡이 곤란해질 정도로 묵직한 그 느낌.

"끄으윽!"

입에서 신음이 새어 나왔다. 그리고 저도 모르게 고개를 떨어뜨려 화끈한 감각의 진원지를 찾았다.

갑옷이 붉은 선혈을 흘리고 있었다. 그 기괴한 광경에 이상함을 느끼며 다시 고개를 드니, 방금까지 상대했던 적병이 다른 쪽으로 고개를 돌리고 있었다.

'죽고 싶구나!'

감히 전투 중에 한눈을 팔다니. 죽을 작정이 아니라면 할 수 없는 짓이었다.

씨익!

입가에 싸늘한 살기가 맺혔다. 죽고 싶다면 죽여 주는 수밖에 없었다.

창을 쥔 손에 한껏 힘을 주며 근육을 움직였다.

"음?!"

그리고 입에서 또 한 번 원하지 않는 소리가 새어 나왔다. 이상하게도 손에 힘이 들어가지 않았다.

철컹!

갑자기 손에서 힘이 쭉 빠져나갔다고 느낀 순간, 창이 힘없이 바닥으로 떨어져 내렸다. 동시에 그의 시선이 반사적으로 아래로 내려갔다. 갑옷에서 피가 흘러나오던 부분이었다.

그리고 또 한 번 두 눈을 부릅떴다.

갑옷이 피를 흘린 것이 아니었다. 갑옷의 철판과 철판 사이를 이어주는 틈에서 피가 비집고 나오는 것이었다.

언제? 도대체 언제 저곳에 상처가 난 걸까.

"어어, 어어!"

비현실적인 상황을 쉬이 받아들이지 못하고 있던 그의 입에서 당혹스러운 외침이 터져 나왔다. 갑자기 부상을 입은 것으로도 모자라, 눈으로 덮여 있는 바닥에 붕 솟아 오르는 것을 목격한 탓이다.

철퍽!

요란한 소리와 함께 전신에 충격이 가해졌다.

'이상하군, 힘이 없어!'

묘하게 편해진 기분을 느끼며 그는 천천히 눈을 감았다. 그런 그의 귓전으로 방금 상대했던 적의 외침이 들려왔다.

"갑옷이 이상하다! 틈을 노려!"

빌트는 뒤를 따르는 수하들을 향해 큰소리로 외치며 뒤이어 나타난 적병을 향해 창을 휘둘렀다. 이번에도 역시나 갑옷의 틈을 향해서 시리도록 예리한 궤적이 허공에 그려졌다.

"크아아아악!"

여기저기서 비명 소리가 터져 나왔다. 더 이상 하얀 설원이라 부를 수 없는 땅에 또다시 왈칵 흩뿌려진 붉은 선혈이 여기저기서 피어오르는 더운 김을 더욱 짙게 만들었다.

몇 번의 돌파를 거듭한 순록 기마대는 어느새 난전을 벌이고 있었다. 적의 사기가 수그러졌다고 느낀 순간, 보다 확실한 결과를 내기 위해 어지러운 싸움을 시작한 것이다.

완전한 혼전.

그 어떤 전투라 해도, 일단 혼전 양상으로 들어가면 그 자체로 아비규환의 지옥도와 마찬가지다.

쉴 새 없이 튀어 오르는 피는 말할 것도 없고, 그 피를 온몸에 뒤집어쓴 채 허연 이를 드러내며 날 선 무기를 휘둘러대는 병사들의 모습은 지옥의 악귀보다 더 무섭다.

츠컥!

양손을 타고 오르는 섬뜩한 감각과 함께 허공으로 무언가 길쭉한 것이 튀어 올랐다.

"끄아아아악!"

비명이 터져 나오는 것은 그 다음. 그리고 너무나 깔끔하게 잘려 나간 팔을 부여잡고 기우뚱 말에서 떨어지는 것이 마지막이다.

그 다음은 돌아볼 필요가 없다. 미친 듯이 바닥을 짓이기는 말과 순록의 발굽이 써클루스 기마전사의 온몸 위로 떨어져 내렸다.

슈아아앙!

세찬 소리와 함께 두 자루 쉬미터가 리카이엔을 향해 달려들었다. 하지만 리카이엔을 막을 수 있는 이는 거의 드물다.

세차게 휘두르는 철창에 또다시 두 명의 써클루스 전사들이 눈밭 위를 나뒹굴었다.

"이놈!"

그때 갑자기 터져나온 일갈. 동시에 리카이엔 주변의 공기가 갑자기 바뀌었다.

"흡!"

깜짝 놀란 리카이엔이 아무것도 없는 허공을 향해 세차게 철창을 휘두르며 사방을 살폈다.

"네놈이구나!"

두 눈으로 형형한 살기를 뿜으며 달려오는 자는 다름 아닌 로반이었다.

"죽어라!"

외침과 동시에 갑자기 폭풍처럼 세찬 바람이 리카이엔 주변을 휘몰아쳤다.

"큽!"

숨을 쉬기도 힘들 정도로 강렬한 바람이 리카이엔의 온몸을 찢어발길 듯 날아들었다.

그극, 그극!

공력을 끌어 올리는 리카이엔의 귓전을 때리는 거친 소음. 발 아래에서 나는 소리였다.

고개를 내려보니 리카이엔이 타고 있던 순록이 바람에 저항하며 앞발굽으로 땅을 긁어대고 있었다. 정확하게는 바람에 맞서 앞으로 나가려는데, 떠밀리는 바람에 눈이 파헤쳐지고 땅이 드러난 것이다.

"수고했다."

이대로 버티다가는 순록이 먼저 죽을 것이다.

아무런 미련도 없이 바닥으로 내려선 리카이엔이 탁탁 오른발로 발밑을 다졌다.

"한 번 해 볼까?"

말이 끝나기가 무섭게 바닥을 박찬 리카이엔의 온몸이 앞으로 쏘아져 나갔다.

쿠아아앙!

공간을 꿰뚫는 격렬한 파공성과 함께 무지막지한 기운이 바람을 갈랐다.

"죽어라!"

동시에 터져 나온 일갈. 그리고 리카이엔을 향해 날아드는 또 한 줄기의 바람.

소용돌이였다. 끝이 뾰족한 소용돌이가 강대한 바람의 힘으로 휘몰아치며 리카이엔의 심장을 노리고 쏘아져 왔다.

까아아앙!

고막을 찢을 듯한 쇳소리.

"헉!"

그리고 로반이 저도 모르게 헛바람을 들이켰다.

리카이엔의 철창 끝이 소용돌이의 끝을 막고 있었던 것이다.

창으로 바람을 막는다니, 직접 보고도 믿을 수 없는 광경. 하지만 그 다음 벌어진 일은 더욱더 믿을 수가 없었다.

리카이엔의 철창 끝에서 스멀스멀 아지랑이 같은 빛이 새어 나오더니 소용돌이의 뾰족한 부분과 엉키는 것이었다.

'저, 저건 뭐지?'

흠칫 놀라 다시 한 번 살펴보는 찰나, 리카이엔이 사정없이 철창을 휘둘렀다.

쐬이이이잉!

날카로운 바람 소리는 여전하다.

세차게 휘둘러지는 철창 끝에 소용돌이가 매달려 휘몰아친다는 것. 마치 창대 끝에 깃발을 매달아 놓고 휘두르는 것 같은 광경이었다. 하지만 사실은 천 조각이 아니라 광포한 바람.

로반은 저도 모르게 눈을 비비고 싶은 것을 억지로 참았다.

상식적으로는 정말 말이 안 되는 일인데도 어쨌든 눈앞에서 엄연히 벌어지고 있는 일, 생각보다는 행동이 먼저다.

"타아아앗!"

큰소리를 내지르며 두 손을 뻗었다.

순간, 로반의 양손에서 또 한 줄기의 바람이 휘몰아치며 리카이엔이 휘두른 소용돌이를 후려쳤다.

씨이이잉!

기묘한 바람 소리가 굉음처럼 뒤흔들리며 서로가 상쇄된다.

하지만 뒤이어 날아드는 리카이엔의 철창은 실체를 가진 물건. 바람에 상쇄될 리가 없다.

창날에 맺힌 싸늘한 기운이 뇌까지 얼려 버릴 듯 섬뜩하게 로반을 덮쳐 들었다.

하지만 로반의 얼굴에는 조금도 당황한 기색이 없었다. 아직도 뻗고 있는 두 손에서 번갈아 가며 바람이 쏘아져 나갔다.

단순한 소용돌이가 아니다. 묵직한 압력을 담은 바람이 마치 덩어리라도 진 듯 실체화되어 리카이엔의 가슴쪽으로 파고들었다.

퍼어엉!

"큭!"

무언가 터지는 듯한 소음과 신음이 동시에 터져 나왔다.

어느새 서로 몇 걸음씩 물러선 두 사람의 손해는 비슷했다. 리카이엔은 가슴팍의 옷과 맨살이 시커멓게 그을렸고, 로반은 어깨에서 피가 흘러내리고 있었다.

"크큭, 단순한 쥐새끼는 아니구나! 하지만 오늘 확실하게 죽여 주마!"

로반이 버럭 소리를 지르며 하늘을 향해 번쩍 손을 치켜들었다. 순간, 땅 밑에서부터 맹렬한 바람이 솟아오르며 로반의 온몸을 휘감는 회오리바람이 피어올랐다.

"할 줄 아는 말이 죽으라는 것밖에 없는 모양이군!"

리카이엔이 피식 웃으며 철창을 고쳐 잡았다.

그때였다.

쩌어엉!

얼음이 쪼개지는 듯한 날카로운 소음과 함께 웅혼한 힘을 담은 기운이 로반을 향해 날아들었다.

"흡!"

갑자기 들이닥친 기운에 로반이 급히 뒤로 물러서는 사이, 리카이엔 옆으로 누군가 내려섰다.

"저 새끼가 그 새끼지?"

이를 드러내며 으르렁거리는 사람은 카이스였다.

"음? 아아, 그런 거 같군."

리카이엔이 피식 웃으며 답했다. 그날, 카이스의 결혼식장이 습격받았던 날에도 이런 바람이 불었던 것이다.

"그론스트 백작인가?"

로반이 카이스를 알아보며 비릿한 미소를 베어 물었다.

쑤아앙!

카이스가 허공을 향해 검을 흩뿌리더니 로반을 향해 으르렁거렸다.

"오냐, 제대로 봤다. 내 결혼식을 망친 보답을 오늘 제대로 해 주마!"

푹, 푹!

카이스가 쌓인 눈 깊숙이 발이 빠지는 것도 상관하지 않은 채 성큼성큼 걸어 나갔다. 그러면서 뒤쪽에 있는 리카이엔을 향해 말했다.

"저건 내가 처리할 테니, 너는 저쪽에 오는 놈이나 처리해라."

카이스가 슬쩍 턱짓을 한 쪽으로 시선을 돌려보니 뒤쪽에 있던 나머지 써클루스 군대가 이쪽으로 달려오고 있었다.

"크큭, 알았다!"

리카이엔이 싸늘하게 웃으며 방향을 틀었다. 그리고 카이스가 로반을 향해 말했다.

"오늘 잘못했다는 소리 딱 천 번 할 때까지 쥐어 패 주마!"

Chapter 8.

# 설원 전투

새하얀 설원의 양쪽 끝에 새까만 점들이 무리를 짓더니 서로를 향해 달려 나갔다. 오른쪽이 왼쪽에 비해 네 배 정도 컸는데, 속도는 크기가 작은 왼쪽의 무리들이 더 빨랐다.

망설일 틈도 없다는 듯 그대로 달려 나가는 두 무리의 점들은, 서로를 향해 쐐기처럼 형태를 짓더니 그 극점과 극점이 그대로 격돌했다.

그리고 그 직후 서로의 모양이 바뀌었다.

왼쪽의 작은 덩어리가 마치 화살처럼 길게 바뀌더니, 오른쪽의 커다란 덩어리를 그대로 관통해 버린 것이다. 그리고 오른쪽 덩어리의 끝을 빠져나오는 순간, 두 줄기로 바뀌며 다시 양쪽 측면을 향해 날아들었다.

"크아아악!"

단말마의 비명이 사방에서 울려 퍼진다.

하얀 눈밭은 말과 순록들의 발굽에 짓밟혀 깊숙이 묻혀 있던 흙이 까뒤집히고, 그 위로 시뻘건 선혈이 스며들며 본래의 색을 잃어 갔다.

눈이 어지러운 광경이었다.

써클루스 기마 전사들은 제정신을 차릴 수가 없었다.

순록 기마대가 대열을 뚫고 지나갈 때마다 늘어나는 것은 써클루스 전사들과 말들의 시체였다.

그야말로 파죽지세. 쓸면 쓰는 대로 족족 무너지는 기마 전사들의 모습은 무력하기 짝이 없었다.

써클루스의 기마 전사들도 상당히 잘 훈련된 정예들이었지만, 리카이엔과 카이스의 병사들은 그들이 어찌해 볼 수도 없을 정도로 무서운 군대였던 탓이다.

하지만 단순히 병력의 훈련 정도 때문이라고 보기에는 그 격차가 너무 심했다. 그리고 실제로 그 이유 외에 또 다른 이유가 하나 더 있었다.

병사들의 훈련 정도보다 훨씬 더 결정적인 차이. 바로 타고 있는 기마의 차이였다.

체슬로니아 말들은 추위에 강하고, 눈 위에서도 잘 달리는 종이었다. 이 설산에서 적을 상대로 싸우기에는 확실히 훌륭한 선택이라 할 수 있었다.

하지만 아무리 눈 위에서 잘 달린다 해도 어디까지나

'말' 들 중에서의 이야기였다.

발굽이 넓고 평평하면서 굽 사이에 털이 나 있는 블리젠 순록은 눈밭에서 뛰어다니기에 최적의 조건을 갖고 있다. 그런 순록들의 설원에서의 기동력은 말이 어찌해 볼 수 있는 수준이 아니었던 것이다.

그 극명한 차이는 순식간에 써클루스 기마전사들의 사기를 뚝 떨어트렸다.

객관적인 전력은 써클루스 쪽이 우위였다. 병력만 봐도 확연히 차이가 난다.

써클루스 쪽은 총 5천의 병력에 그중 2천여 기의 기병인데 반해 리카이엔 쪽은 총 병력이 2천, 기병은 겨우 5백이었다. 병력은 두 배가 넘고, 기병은 거의 네 배다.

병과적 특성으로 봐도 마찬가지다. 단순하게 보면, 보병들이 기마병을 상대하는 것은 꽤 무리가 있었다. 물론, 리카이엔 쪽 보병들이 기병을 상대하기 좋은 창을 무기로 사용하고 했다고는 해도 역시나 훈련된 기병을 상대로는 힘겨운 부분이 많았던 것이다. 그것도 총 병력수와 비슷한 규모의 기병이라면 더욱더.

하지만 전투의 승패라는 것은, 단순히 병력의 숫자나 병과적 비교 우위로만 결정이 나지 않는다. 전투라는 것 자체가 수많은 요소들을 가지고 있기 때문이다.

"허억, 헉!"

가쁜 숨소리와 함께 쉴 새 없이 입김을 토해 내는 크로한의 얼굴에는 당혹감이 스치고 있었다.

"오늘 절대 살아서 돌아가지 못할 것이다!"

이를 갈아붙이며 말하는 크로한의 얼굴에 더욱 짙은 살기가 번지고 있었다.

이럴 리가 없었다. 정말 이해할 수가 없었다. 이해를 떠나 눈으로 보고 있음에도 불구하고 믿을 수도 없었다.

처음 로반이 2천의 기병들을 이끌고 나설 때까지만 해도 그는 아무런 걱정도 하지 않았다. 고작 5백 기의 기병으로 2천을 상대한다는 것은 무리였다.

하지만 양측이 서로 충돌한 순간, 승패의 방향이 완전히 다른 쪽으로 흐르기 시작했다.

순식간에 1백여 기가 쓰러졌다.

그 모습을 본 크로한은 조금도 지체하지 않고 병력들을 이끌고 내달렸다. 기마가 문제가 된다면, 병력의 수로 밀어붙이는 수밖에 없었다.

그 다음은 완전한 혼전이었다. 2천 대 5천의 혼전.

전장에 들어가자마자 크로한을 맞이한 사람은 다름 아닌 리카이엔.

크로한이 사용하는 술법은 생명력을 사용하는 것이었다. 살아 있는 생물에게서 산채로 생명력을 뽑아 그것을 모아

사용하는 것이다.

인간이든 동물이든 가리지 않고 모은 생명력의 위력은 무시무시하다. 하지만 리카이엔은 그 힘에 거의 대등하게 맞서고 있었다. 그리고 그렇게 싸움이 길어지면 길어질수록, 자신의 전사들이 하나하나 쓰러지고 있었다.

조금이라도 빨리 눈앞에 있는 리카이엔을 없애야 했다.

"후우, 후우!"

크로한은 급히 호흡을 다듬었다. 지금까지 이렇게 자신에게 맞섰던 자가 있었던가.

크로한은 세차게 고개를 저었다. 그 누구도 자신의 이 힘에 당하지 못했다. 무려 수만의 산 사람에게서 뽑아낸 것이다. 그것에 맞설 힘이 있다는 것 자체가 말이 안 된다.

"크아아아앗!"

괴성과 함께 크로한의 온몸에서 붉은 기운들이 줄기줄기 뿜어져 나왔다.

"음?"

바짝 긴장하며 크로한의 움직임을 살피던 리카이엔의 얼굴에 의문스러운 표정이 떠올랐다. 크로한이 뿜어낸 붉은 기운들이 자신에게 오는 것이 아니라 땅속으로 파고들어 갔기 때문이다.

'설마?'

최대한으로 기감을 뽑아 올린 리카이엔이 땅속의 기운을

살폈다. 혹시나 바닥을 뚫고 올라오려나 하는 생각이 든 탓이다.

하지만 리카이엔의 생각은 틀렸다.

푹, 푸우욱!

갑자기 쌓인 눈이 들썩이더니, 눈 아래에서 무언가 불쑥 튀어나온 것이다.

"크, 재미있는 짓을 하는구나!"

기괴한 광경이었다.

눈에서 튀어 올라온 것은 반쯤 썩은 시체들이었다. 인간이며 짐승이며 가리지 않고 마구 튀어 올라온다.

크로한이 가지고 있는 생명력을 이용해 시체들을 살려낸 것이다.

와득, 와드득!

뼈가 부딪치는 소리에 등골이 오싹해진다.

철창을 겨누고 있는 리카이엔을 향해 늑대로 보이는 해골이 앞발을 굽히며 뛰어오를 준비를 하고, 살점이 썩은 순록의 시체가 끔찍한 소리를 내며 앞발을 구른다.

그 뒤로 백여 구의 거의 썩지도 않은 인간의 시체들이 무기를 꺼내들었다.

"크, 여기가 전장이었던 모양이군!"

시체들은 블리젠 전사들과 제국 병사들의 차림을 하고 있었다. 아마 제국과 블리젠 부족 연합의 전투가 벌어졌던 곳인 모양이다. 얼어붙은 설원인 탓에 시체도 썩지 않았던 모양이었다.

"한 번 해 볼까?"

리카이엔이 철창을 고쳐 잡으며 입가에 싸늘한 미소를 머금었다. 그리고 다시 한 번 땅을 박찼다.

"하아아앗!"

기합과 함께 붕 떠오른 리카이엔 그리고 땅을 향해 내뻗은 창끝에서 갑자기 시퍼런 기운들이 쏘아져 나갔다.

와드드드득!

가장 선두에 있던 짐승들의 뼈가 산산조각이 나면서 그대로 허물어진다.

"크어어어억!"

시체들의 입에서 알 수 없는 외침이 터져 나왔다.

시퍼런 기운을 향해 강렬한 적개심을 드러내며 들고 있는 무기를 마구 휘두르기 시작했다.

"헉!"

붉은 기운을 잔뜩 모은 채 언제든 리카이엔을 노릴 기회를 엿보던 크로한이 헛바람을 집어삼켰다.

"저, 저건!"

온몸의 털이 곤두설 정도로 크로한을 긴장시키는 기운, 그것은 다름 아닌 혼향이었다.

'설마!'

머릿속을 스치는 생각을 애써 부정한 크로한이 무작위로 손을 휘둘렀다.

퍽, 퍼버벅!

시퍼런 기운과 붉은 기운이 허공에서 충돌하며 사방으로 불꽃이 튀어 올랐다.

'도대체 뭐지?'

인간의 영혼을 조종하는 술법, 인도의 클리머스는 아니었다. 분명 그 술법이 아닌데도 불구하고 이 강렬한 느낌은 인간의 영혼이 가지는 그 파장이었다.

하지만 더 이상 고민할 틈이 없었다. 일으켜 세웠던 시체들이 순식간에 리카이엔에 의해 땅으로 돌아가고 있었다.

"크아아아아악!"

괴성을 내지르며 크로한이 몸을 날렸다.

동시에 리카이엔 역시 온몸이 시퍼런 기운으로 넘실거리고 있었다.

콰아아아앙!

전장에 있는 병사들이 저도 모르게 손을 멈출 정도의 굉음. 땅이 들썩이고, 쌓여 있던 눈이 풀썩 피어오른다.

"크윽, 크으으윽!"

황급히 뒤로 물러선 크로한이 가쁜 숨을 몰아쉬며 리카이엔을 노려보았다.

아직도 손이 부들부들 떨렸다. 이 정도의 힘을 가지고 있다니 믿을 수가 없었다.

"크으윽!"

하지만 리카이엔 역시 무사하지는 못했다.

윗옷은 시커멓게 불타 있고, 맨살이 붉게 달아올라 있었다. 마치 불속에 들어갔다 나온 듯한 모습이었다.

그리고 두 사람을 중심으로 반경 10여 미터 지역의 눈이 완전히 녹거나 날아가 버려 얼어붙은 맨땅이 드러나 있었다.

"그래도 한가락 하는 재주가 있구나!"

리카이엔이 말을 끝내는 동시에 오른발로 땅을 밟았다.

쿠우우웅!

거센 진각에 땅이 울렸다. 머금고 있는 기운이 진각으로 인해 진탕되며 온몸으로 퍼져 나간다.

"흡!"

찰나의 순간 호흡을 머금은 리카이엔이 온몸으로 퍼지고 있는 기운을 한 줄기로 끌어모았다. 몸 안에서 소용돌이치는 무시무시한 기운이 나선을 그리며 경맥을 따라 돈다. 그리고 그 강렬한 기운이 단전 깊숙이 숨어 있는 기운의 끄트머리를 잡아끌어 올렸다.

크로한이 혼향이라 느꼈던 그 기운, 바로 영혼의 힘이었다.

죽은 리카이엔은 영혼을 불러들이는 힘을 가지고 있었다.

그로 인해 자신의 영혼이 조금씩 사그라졌고 결국 죽음을 맞이했다. 그런데 그렇게 불러들인 영혼들의 힘이 그대로 몸 깊숙한 곳에 남아 있었던 것이다.

그 수많은 영혼의 힘이 단전 깊은 곳에서 잠자고 있다가, 외부의 힘에 자극을 받으며 깨어난 것이다. 지난 1년간 리카이엔이 생사를 오가는 수련을 하며 터득한 것이다.

생명력이라는 것은 육체를 살아 있도록 해 주는 기운이다. 그리고 영혼은 인간이 인간으로서 존재할 수 있도록 해 주는 역할을 한다. 아무리 육체가 살아 있어도 영혼이 없다면 그것은 살아 있는 것이 아니다.

그만큼 영혼이 가지고 있는 힘은 무궁무진했다. 리카이엔의 몸속에는 영혼의 힘이 수백이나 잠들어 있었던 것이다.

지금껏 여러 번 리카이엔의 목숨을 살려 주었던 그 힘이 바로 영혼의 힘, 영력이었던 것이다.

"크흐흐흐, 이제 진짜 한 번 붙어 보자!"

리카이엔이 크로한을 향해 창을 겨누며 말했다.

"죽여 주마!"

크로한 역시 지지 않고 외치며 그대로 몸을 날렸다.

§ § §

촤아아아!

시원한 소음과 함께 긴 궤적을 그리며 쾌속하게 설원 위를 미끄러지고 있는 썰매는 앞뒤로 두 명이 탈 수 있는 구조였다. 앞쪽의 자리는 썰매를 끌고 있는 두 마리 순록의 등과 같은 높이, 그리고 뒤쪽의 자리는 앞자리에 앉은 이의 머리 위치와 같은 높이였다.

쾅, 콰콰콰쾅!

썰매가 남기는 궤적 위로 무자비한 공격이 쏟아져 내렸다. 불덩이에서부터 뇌전, 바윗덩이들이 순서를 가리지 않고 지면을 으깼다. 써클루스 병력들 사이에 섞여 있는 술사들의 공격이었다.

하지만 그 어떤 공격도 썰매를 맞추지 못했다.

오른쪽으로 트는가 싶으면 왼쪽으로 틀고, 직진을 한다 싶었는데 갑자기 썰매의 한쪽 틀을 들어 올리는 기묘한 재주를 부리며 방향을 튼다. 썰매를 다루는 기술이 대단하다 못해 신묘한 수준에까지 이른 듯 보인다.

그럴 수밖에 없는 것이, 앞자리에 앉아 썰매를 모는 이는 이 설원의 원래 주인인 블리젠 부족민이기 때문이다.

하지만 썰매가 단순히 공격을 피하며 이리저리 달리기만 하는 것은 아니었다.

슉, 쉬슉!

빠른 연사는 아니지만 절대 쉬지 않고 화살을 토해 내고 있었다. 썰매의 뒤쪽, 높은 의자에 앉은 이들은 하나같이 커다란 장궁을 들고 있었던 것이다.

궁수들은 흔들리는 썰매에서 떨어지지 않기 위해 의자와 자신의 몸을 꽁꽁 묶은 채 오로지 장궁의 시위를 당기는 일에만 몰두하고 있었다.

슈우우욱, 퍽!

세찬 화살이 북부 설원의 시린 바람과 냉기를 뚫고 목표물에 가 꽂힌다.

"끄아아악!"

비명과 함께 차가운 눈 바닥을 나뒹구는 이는 방금 썰매를 향해 불덩이를 쏘아 날린 써클루스의 술사였다.

일반적인 마차와 대등한 속도로 달리고 있는 썰매 위에서 활을 쏴 목표물을 맞춘다는 것은 절대 쉬운 일이 아니었다. 더군다나 그 목표물이 정면이 아닌 측면에 있을 경우에는 더욱 그랬다.

썰매에 앉은 궁수가 여덟 발만에 술사를 맞춘 것을 감안한다 해도 아주 훌륭한 솜씨였다.

그리고 그렇게 술사들을 노리는 순록 썰매는 한두 대가 아니었다. 전장의 주변을 어지러이 맴돌고 있는 썰매는 어림 잡아도 50대는 되어 보였다. 그 모든 썰매들이 병사들 사이에 섞인 술사들만을 노리며 화살을 날리고 있었다.

그리고 이상하게도 대부분의 술사들 역시 전방의 적들이

아니라, 썰매를 노리고 있었다. 어지간하면 그 일은 다른 궁수들이나 기마 전사들에게 맡기고, 자신들은 적군의 보병들을 노리는 것이 유리할 텐데도 집요하게 썰매들만을 노리고 있었다. 하지만 그들의 입장에서는 어쩔 수 없는 일이었다.

썰매들이 등장한 것은 크로한이 일반 전사들을 이끌고 전장에 합류한 순간이었다.

기세 좋게 적병들을 향해 날릴 술법을 준비하던 술사들이 갑자기 날아든 화살에 꼬치가 되어 쓰러졌다. 써클루스의 보병들은 썰매를 쫓아갈 만한 다리가 없었으니 상대한 것은 당연히 궁수들이었다.

하지만 그마저도 제대로 되지 않았다. 궁수들이 날린 화살이 신기막측한 썰매의 움직임 때문에 번번이 애꿎은 눈밭만 두드려댄 탓이다.

그리고 멀쩡히 돌아다니는 썰매들은 쉴 새 없이 화살을 날려 술사들을 쓰러트렸다.

아군 궁수들은 자신들을 보호해 주지 못하는데, 자신들은 꾸준히 죽어 나자빠지는 상황. 술사들의 입장에서는 살기 위해서라도 일단 저 썰매들부터 없앨 수밖에 없었던 것이다.

"흐으으읏!"

32번 썰매의 뒷자리 의자와 자신의 허벅지를 꽁꽁 묶은 채 시위를 당기고 있는 베이버크의 입에서 신음과 함께 더운 입김이 새어 나왔다.

전투가 시작된 후, 그가 쏜 화살에 죽은 술사는 무려 열아홉.

빠르게 연사를 하지는 않았지만 단 한 발도 빗나간 것이 없었다. 그 덕분에 다른 궁수들보다 적은 화살을 쏘았음에도 불구하고 가장 많은 술사들을 쓰러트렸다.

"후후, 후!"

이미 손에 감각이 없었다. 방한을 위해 솜을 넣은 가죽장갑을 끼고는 있었지만 그것도 한계가 있었다. 시위를 제대로 당기고, 목표를 맞추기 위해서 일정 수준 이상으로 장갑을 두껍게 만들 수는 없었기 때문이다.

쉴 새 없이 장궁의 시위를 당기다 보니 팔과 어깨 근육은 이미 피로감이 극에 달해 퉁퉁 부어 있었다.

의자에 몸을 묶을 때 어찌나 세게 동여맸는지 피가 통하지 않아 다리까지 찌르르 저려 왔다.

끊임없이 방향을 틀고 격하게 흔들리는 썰매에 앉아, 부는 바람과 썰매의 속도까지 계산하며 횡으로 보이는 목표물을 노리는 것은 정말이지 힘겨운 일이었다.

끼이이이익!

그렇지만 시위를 당겼다.

'질까 보냐!'

베이버크는 속으로 누군가를 향해 이를 부득부득 갈며 흔들리는 초점 안에서 목표물을 정했다.

그론스트 백작령 출신인 그는 한때 신궁이라는 말을 들어 본 적도 있을 정도로 활을 잘 쏘았다.

선천적으로 눈이 밝았다. 거기에 타고난 성격상 인내심과 집중력 또한 보통 사람의 그것을 넘어섰다. 그리고 쉬지 않고 단련한 덕분에 어깨와 팔의 힘 또한 무시무시했다.

선천적인 능력과 성격, 그리고 후천적인 단련을 통해 활에 관한한 타의 추종을 불허하는 수준에 도달한 것이다. 그러니 그에게는 맞히지 못할 과녁이란 없었다. 무시무시한 속도로 날고 있는 매를 쏘아 떨어트린 적도 있을 정도였다.

그런 그가 리카이엔과 카이스가 조직한 궁수대의 일원으로 뽑힌 것은 어쩌면 당연한 일이었다.

그런데 문제는 그 다음에 발생했다.

갑자기 한 여자가 불쑥 튀어나와 자신들을 가르치겠다고 나선 것이다.

소개를 들어보니 프로커스 백작령의 여기사라고 했다.

어쨌든 베이버크의 입장에서는 가소롭기 짝이 없는 일이었다.

여자의 나이는 겨우 스물 남짓 되어 보였다. 그리고 자신이 활을 손에 쥔 지가 무려 서른 해였다. 활을 잡아온 세월보다 어린 여자가 단지 기사라는 이유로 자신을 가르친다는 게 우스웠다.

받아들일 수 없는 상황이니 말을 따를 수 없었고, 그로 인해 문제가 생길 수밖에 없었다.

그리고 문제의 해결 방법은 여자가 제시했다. 활을 쏴 더 실력이 높은 쪽이 궁수들을 가르치자는 제안이었다.

백발백중.

여자의 활 솜씨는 확실히 누구를 가르칠 만한 수준은 되었다. 하지만 베이버크의 화살 역시 빗나간 것이 없었다. 둘 모두 누가 더 낫다고 판가름 할 수 없을 정도의 명궁들이었다.

하지만 우열은 가려야 했다.

고심 끝에 여자가 내놓은 방식은, 배짱 든든한 베이버크조차 움찔하게 만드는 것이었다.

서로를 향해 쏘자는 것이었다. 절대 상대가 피를 보지 않게 하되, 몸과 가장 가까운 곳을 스치게 하는 쪽이 이기는 걸로 하자는 내용이었다.

활솜씨와 집중력은 물론 담력까지 총 동원해야 하는 방식이었다.

베이버크로서는 더 이상 물러날 곳이 없었으니 당연히 그 제안을 받아들였다.

서로의 첫 번째 화살은 무승부였다. 둘 다 입고 있는 옷자락을 스친 것이다.

두 번째 화살 역시 무승부였다. 이번에는 둘 다 겨드랑이 사이를 통과했다.

승부가 난 것은 세 번째 화살이었다.

여자가 쏜 화살이 베이버크의 오른쪽 귀 바로 위의 머리카락을 자르고 지나간 것이다.

머리카락으로 덮여 있는 머리에는 상처를 내지 않으면서 머리카락만 잘라낸 그 솜씨는 그야말로 신궁이라 불려도 부끄럽지 않을 솜씨였다.

베이버크 역시 질 수 없다는 듯 시위에 화살을 걸었다. 그리고 여자의 오른쪽 귀 위를 노리며 시위를 당겼다.

하지만 끝내 당긴 시위를 놓지 못했다. 너무나 차분하게 가라앉아 있는 여자의 두 눈을 마주하고 있으니 그럴 용기가 나지 않았던 것이다.

활 실력보다는 담력에서 진 승부였다. 하지만 승부는 승부였고, 베이버크는 여자의 명령에 복종했다.

그 여자의 이름을 율리아였다.

어쨌든 그 날 이후, 베이버크는 그야말로 피땀으로 점철된 수련의 나날을 보냈다. 다시 한 번 율리아에게 덤벼 승리를 쟁취하기 위해서였다.

나중에야 깨달은 것이지만, 그날 자신은 담력에서 진 것이 아니라 실력에서 졌다고 보아야 했다. 실력에 자신이 있었다면, 겁을 먹을 필요가 없다는 것을 알게 되었기 때문이다.

그리고 오늘 그의 화살은 단 한 번도 빗나가지 않고 있었다.

슈우우우욱!

또 한 발의 화살이 베이버크가 당기고 있는 시위를 떠나 허공을 날았다.

§ § §

"끄으으윽!"

루디아의 입에서 신음이 새어 왔다.

그런 그녀의 앞에는 프리엘라가 양손에서 파지직 불꽃을 튀기며 이쪽을 노려보고 있었다.

루디아가 사용하는 술법은 두 종류였다.

'동화'와 '불꽃.'

불꽃을 사용하는 술법 자체는 큰 위협이 되지 않았다. 하지만 동화는 달랐다.

모습 자체를 지워 리는 동화의 클리머스는 그 기운까지도 주변과 완전히 일체화가 되어 모습을 감출 수 있게 해다.

아무리 마나를 감지한다 해도 찾을 수 없는 능력. 그렇게 은신한 상태로 다가와 뒤를 노린다면 어지간해서는 상대할 방법이 없었다.

하지만 그녀의 상대는 다름 아닌 프리엘라였다.

프리엘라의 마나 친화력은 상상을 초월했다. 리카이엔과의 첫만남 당시, 리카이엔이나 페르온이 그녀의 존재를 감지할 수 없었던 이유도 바로 그것이었다.

선천적으로 타고난 마나 친화력으로 인해 그녀가 잠드는 순간 몸속과 주변의 마나가 완전히 가라앉아 기척을 완전히 지워 렸던 것이다.

이는 다시 말하면, 주변의 마나들을 마음먹은 대로 조종할 수 있다는 뜻이었다. 괜히 어린나이로 고위 마법사가 된 것이 아니었다.

루디아가 마나와 동화되어 아무리 모습을 감추어도, 프리엘라가 주변의 마나들을 격발시키는 순간 모습이 드러날 수밖에 없었다. 마나와 동화가 되었다고는 해도, 그녀가 마나와 완전히 하나가 될 수는 없기 때문이었다.

"이제 그만 마무리를 할까?"

프리엘라가 싸늘하게 외치는 동시에 두 손을 앞으로 뻗었다.

"흡!"

순간 루디아의 두 눈이 찢어질 정도로 커졌다.

"클리머스!"

지금까지 마법을 사용하던 프리엘라가 갑자기 바이론인

의 술법을 사용한 것이다.

착각이 아니었다. 마법과 클리머스는 마나의 운용이 완전히 달랐다.

'이건 분명……!'

그때였다.

쵸아아아아악!

갑자기 땅을 뚫고 무시무시한 물줄기가 솟아올라 그녀를 덮쳐 왔다.

이런 혹한의 추위 속에서 저 물을 뒤집어쓴다면 온몸이 그대로 얼어붙을지도 모를 일이었다.

"하아아앗!"

루디아가 악에 바친 고함을 내지르며 양손을 휘저었다.

화르르르르륵!

거대한 불덩어리가 사방에서 피어오르며 물줄기를 향해 부딪쳐 나갔다. 그리고 순식간에 물줄기가 힘을 잃고 사라졌다.

"쳇!"

프리엘라가 아쉬운 표정으로 손을 거두어들이는데, 루디아가 경악에 찬 목소리로 말했다.

"그, 그건……."

"후훗, 내가 클리머스를 쓰니까 이상한 모양이지?"

하지만 루디아가 놀란 이유는 그것이 아니었다. 클리머

스의 종류가 문제였다.

"네, 네년… 바이론 왕족이었던 거냐?"

"내 스승께서 바이론 왕족이시지!"

"음? 그게 무슨 말이냐? 그 클리머스 자체가……."

루디아가 갑자기 말끝을 흐렸다.

자신의 이야기에 프리엘라의 얼굴에 의혹 어린 표정이 떠오른 탓이다.

"무슨 뜻으로 하는 말이냐?"

프리엘라가 급히 물었지만 루디아는 더 이상 대답하지 않았다.

단지 묘한 미소를 지으며 말했다.

"호호, 자신의 정체도 모르는 모양이지?"

"무슨?!"

답답해진 프리엘라가 재차 물었으나 루디아는 더 이상 말을 하지 않았다. 그리고 순식간에 그녀의 모습이 눈앞에서 사라졌다.

"이익!"

갑갑해진 프리엘라가 주변의 마나들을 격하게 뒤흔들었다.

"아, 아니!"

하지만 주변에서 루디아의 모습은 보이지 않았다. 차라리 몸을 뒤로 물리기로 마음을 먹은 모습이었다.

'도대체 무슨 말이야? 이 술법이 어쨌다는 거지?'

싸우는 중에 이런 일에 신경을 쓴다는 게 말이 안 되지만, 아무리 생각해도 루디아의 말에는 뭔가가 있는 것처럼 느껴졌기 때문이다.

그때였다.

수십개의 기운들이 갑자기 프리엘라를 향해 몰아쳤다. 주변에 있던 다른 술법사들의 공격이었다.

"하아아앗!"

앙칼진 기합과 함께 프리엘라의 온몸에서 마나들이 폭사되기 시작했다.

§ § §

콰아아아악!

바닥을 향해 툭 떨어졌다가 갑자기 무자비한 속도로 불쑥 솟아 오르는 둥근 궤적. 그 궤적을 타고 오른 눈들이 하늘 위로 비산했다가 갑자기 만난 세찬 바람에 요동쳤다.

그리고 그 눈을 쳐올린 롱 소드가 조금 늦게 요동치는 눈발을 올려쳤다.

까아아아앙!

아무것도 없는 허공을 때렸는데 귀를 먹먹하게 만들 정도로 거대한 굉음이 울려 퍼졌다. 정확하게는 아무것도 없는 허공이 아니라, 로반이 벼락처럼 내리꽂은 작은 폭풍을 올려친 것이다.

"크으으윽!"

롱 소드를 쳐올린 카이스의 입에서 답답한 신음이 비집고 나왔다.

온몸의 뼈마디가 덜그럭거리며 비명을 내질렀다.

"크크, 크크크큭!"

하지만 카이스는 웃고 있었다.

싸우는 중에 저렇게 웃어대는 모습이 갑자기 미쳐 버린 게 아닐까 싶은 생각이 들 정도였다.

하지만 그는 지극히 정상이었다. 다만 솟구친 분노가 너무 과하다 보니 화를 내는 것조차 힘들어 웃음을 터트린 것이다.

"이 잡놈의 개새끼가 질기네!"

원색적인 욕을 뱉으며 거침없이 눈바닥을 박찬다. 그리고 치켜든 롱 소드의 검신에는 거대한 빛무리가 맺히며 가공할 압력을 뿜어내고 있었다.

"크읍!"

지금까지 볼 수 없었던 그 무시무시한 압력에 로반이 저도 모르게 헛바람을 들이켰다. 하지만 이대로 물러날 수는 없는 일.

"감히!"

버럭 소리를 지르며 양손을 펼쳤다.

그와 함께 그의 몸에서 줄기줄기 뿜어져 나오는 것은 시커먼 빛이었다. 무려 열 줄기나 되는 검은 빛들이 방사형으로 퍼지는가 싶더니 그대로 카이스를 향해 모여 들었다.

"흥!"

카이스가 가소롭다는 듯 콧방귀를 뀌며 쥐고 있는 롱 소드에 더욱 힘을 불어넣었다. 동시에 가슴 한가운데로 모이고 있는 검은 빛을 후려쳤다.

콰아아앙!

또다시 폭음이 울려 퍼졌다. 하지만 카이스의 얼굴에는 당혹감이 떠올랐다.

눈앞에서 터진 검은 빛덩어리들이 그대로 사라진 것이 아니라, 수백 수천 개의 입자로 변하는가 싶더니 카이스의 온몸을 감싸 버린 것이다.

"건방진 놈!"

로반이 득의양양한 얼굴로 카이스를 노려보았다.

검은 입자에 속박당한 카이스는 그 상태 그대로 허공에 둥둥 떠 있었다.

잠시 그 모습을 감상하기라도 하는 듯 쳐다보던 로반이 좌우로 펼쳤던 두 손을 천천히 모으기 시작했다.

"읍!"

카이스의 얼굴에 또 한 번 당혹감이 스친다.

온몸을 속박하고 있는 검은 빛의 장막이 점점 몸을 옥죄어 오고 있었기 때문이다.

"이대로 핏물로 만들어 주마!"

더 기다릴 것도 없다는 듯 로반이 천천히 움직이던 두 손을 박수라도 칠 기세로 거세게 모았다.

그때였다.

찌이이이익!

갑자기 무언가 찢어지는 듯한 소음이 울려 퍼졌다.

"흡!"

이해할 수 없는 소리에 흠칫한 로반이 황급히 카이스를 살폈다.

"이, 이럴수가!"

로반이 불신 가득한 눈으로 허공에 떠 있는 카이스를 쳐다보았다. 가공할 압력으로 온몸이 짜부라져 형체도 알아볼 수 없는 상태가 되었어야 할 카이스가 멀쩡하게 자신를 노려보고 있었기 때문이다.

하지만 놀랄 일은 아직 끝난 것이 아니었다.

"그딴 잔재주에 내가 죽을 것 같으냐!"

버럭 소리르 지르는 순간, 카이스를 감싸고 있던 검은 빛의 장막에 한 줄기 금이 그어졌다.

하얗게 빛나는 금. 그리고 그 금 사이로 강렬한 빛이 폭사되었다.

"헉!"

깜짝 놀란 로반이 황급히 두 손을 뻗는 순간.

"크하아앗!"

우렁찬 기합과 함께 카이스의 몸뚱이가 튀어나왔다.

콰아아앙!

동시에 거대한 폭음이 울렸다.

카이스가 찢고 나온 검은 빛의 장막이 그대로 폭발한 것이다. 그리고 카이스는 그 폭발의 힘에 몸을 실었다.

더 이상의 기합도 호통도 없었다.

휘이이이잉!

들리는 것이라고는 거대한 압력과 함께 날아드는 묵직한 바람 소리뿐이었다.

뻐억, 으적!

연달아 울려 퍼진 두 종류의 소음은 모두 인간의 몸뚱이가 만들어낸 것이었다.

전자는 카이스의 주먹이, 후자는 그 주먹에 박살나 버린 로반의 턱이.

퍽, 퍼버버벅!

로반의 몸뚱이가 꼴사납게 눈밭을 데굴데굴 굴렀다.

"크큭, 크크큭!"

어느새 바닥에 내려선 카이스의 입에서 나지막한 웃음소리가 흘러나왔다.

그의 상태는 정상이 아니었다. 온몸이 시커멓게 그을리고 여기저기 상처가 터져 피가 흐르고 있었다. 하지만 얼굴에는 잔인한 미소를 짓고 있었다.

로반은 이미 기절을 한 것인지, 혹은 죽어 버린 것인지 눈밭에 묻힌 채로 움직이지 않고 있었다.

카이스가 웃음기를 거두고 물었다.

"뒈졌냐?"

그 소리에 반응한 것일까? 눈 속에 처박혀 있던 로반의 몸이 꿈틀거렸다.

그 모습을 본 카이스가 다시 웃으며 말했다.

"그래, 벌써 죽으면 곤란하지. 아직 천 번 남았으니까!"

카이스는 진심으로 잘못했다는 말을 천 번 하게 만들 작정인 듯 그렇게 말했다.

"끄윽, 끅!"

힘겹게 상체를 일으킨 로반의 턱은 이미 짓뭉개진 채 피를 줄줄 흘리고 있었다.

뿌득, 뿌득!

카이스가 쌓인 눈을 밟으며 천천히 로반을 향해 다가갔다.

"자, 이제 잘못했다고 빌어라!"

하지만 로반은 아직도 정신을 차리지 못한 것인지, 턱이 깨진 고통에 대답을 못하는 것인지 말을 하지 않고 있었다.

"야 이, 개새끼야!"

빼어어억!

마나를 조금도 싣지 않은 순수한 발길질. 로반의 몸뚱이가 다시 한 번 눈밭을 데구루루 굴렀다. 그리고 카이스가 비척거리는 걸음으로 로반을 향해 다가갔다.

그래도 아직 정신을 놓지는 않았는지 로반이 꿈틀거리며 몸을 일으켰다.

그리고 여전히 싸울 생각인 듯 천천히 두 손을 모으기 시작했다.

우우우웅!

거대한 마나가 로반을 중심으로 모여들기 시작했다.

'확실하게 죽여 버리겠다!'

위력이 너무 패도적이라 주변에 있는 아군까지 말려들어 죽을 수도 있었지만, 그래도 지금 상황에서는 어쩔 수 없었다.

위이이잉!

마나가 맹렬이 회전이라도 하는 것인지 들릴 리 없는 소리가 카이스의 귓전을 맴돌았다.

"주어라!"

턱이 깨져 확실하지 않은 발음으로 로반이 일갈을 터트렸다.

빼어억!

하지만 모였던 마나는 헛되이 허공으로 흩어졌다.

어느새 눈앞으로 다가온 카이스의 주먹이 다시 한 번 로반의 턱을 올려친 탓이다.

두 발이 붕 떠올랐던 로반이 그대로 바닥으로 향해 고꾸라졌다.

"말하라니까!"

카이스가 다시 한 번 말했다.

그리고 로반은 또다시 꿈틀거리며 몸을 일으켰다. 하지만 로반의 입에서는 여전히 카이스가 바라는 말이 나오지 않고 있었다.

"이런 개새끼! 아직도 입 다물고 있네?"

로반은 더 이상 덤빌 기운도 남아 있지 않은 듯 망연자실한 표정으로 카이스를 쳐다보았다.

"어떠게 겨우 거으로 나를……."

불분명한 발음으로 중얼거리는 모양새가 어찌 보면 꽤 불쌍해 보일 정도였다.

그가 가진 술법은 두 가지였다.

하나는 자연의 기운인 바람이었고 또 다른 하나는 죽음의 기운이었다.

그 둘 중 로반의 진짜 힘은 다름 아닌 죽음의 기운이었다.

크로한과는 정반대되는 성질의 술법이었는데, 생명체가

죽는 순간 뿜어져 나오는 마이너스의 기운을 모아서 사용하는 것이었다.

살아 있는 존재가 그 기운에 닿으면 그대로 썩어 문드러지고, 생명이 없는 것은 그대로 삭아 없어진다. 크로한을 제외하고 그 기운을 누를 수 있는 것은 아무것도 없다고 자부하고 있었다.

그런데 오늘 처음으로 그 기운이 소용 없는 존재를 맞이했다.

특별히 어떤 능력이 있는 것이 아니다. 오직 힘으로, 롱소드에 맺혀 있는 오러블레이드 만으로 자신의 기운을 그대로 눌러 버린 것이다.

"말해라!"

카이스가 한 걸음 성큼 다가오며 말했다.

"으으윽! 미친 놈!"

로반이 여전히 새는 발음으로 버럭 소리를 지르며 다시 손을 뻗었다.

시커먼 기운이 줄기줄기 뿜어져 나가며 카이스를 노린다.

아주 가까운 거리, 이 거리라면 명중시킬 수 있을지도 모르는 일이었다. 하지만.

쩌어엉!

거세게 휘두른 카이스의 롱 소드에 검은 기운은 흔적도 없이 사라졌다. 그리고 카이스는 어느새 쓰러져 있는 로반

옆에 서 있었다.

"어서 잘못했다고 빌어라!"

다음 순간, 로반의 두 눈에 가득 들어온 것은 카이스의 발이었다.

으적!

§ § §

푸우우우욱!

시미터를 든 써클루스 전사의 등 뒤로 삐죽 튀어나온 것은 온통 붉게 물든 철창이었다.

꿈틀, 꿈틀!

배가 창에 꿰뚫렸음에도 불구하고 써클루스 전사의 시미터를 든 손이 움직이고 있었다. 보통 정신력이 아니다.

어지간하면 질려서 뒷걸음질 칠 정도였다. 물론, 정확하게 말하면 정신력이 아니라 세뇌되었기 때문이었지만.

문제는 리카이엔과 카이스의 병사들은 '어지간한' 수준의 병사들이 아니라는 점이었다.

푸우우욱!

발로 몸통을 차 철창을 뽑아낸 병사가 조금의 망설임도 없이 써클루스 전사의 목을 그어 버렸다.

병사가 잔인해서 그런 것이 아니다. 전장에서 만큼은 지

독하리만치 고요한 평정심을 유지할 수 있도록 훈련된 탓이다.

상식적으로 생각하면 이만큼이나 세뇌된 전사들을 상대로 평정심을 유지한다는 게 쉬운 일은 아니다. 하지만 지난 1년 동안, 병사들은 상인으로 위장한 채 죽음을 넘나드는 훈련을 해 왔다.

그리고 그 훈련의 결과가 지금 전투에서 드러나고 있었다.

비명도 없이 차갑게 식어 가는 써클루스의 전사와 그 뒤를 이어 반월의 칼날을 휘두르며 달려드는 또 다른 적들.

"흐아아아앗!"

외침과 함께 병사의 철창이 세찬 바람을 안았다.

칵, 카칵!

한 자루 철창이 세 자루의 시미터를 받아냈다.

쉬이이잉!

앞이 막힌 순간, 세 자루 시미터가 미련없이 뒤로 돌아갔다가 다른 길을 노리고 날아든다. 하지만 병사의 뒤에는 전우들이 있었다.

슈우우욱!

뒤를 받치고 있는 다른 병사들의 철창이 거세게 정면을 내질렀다.

"끄으으윽!"

고통에 찬 비명이 아닌 육체가 저절로 토해내는 신음이 병사들의 귓전을 때렸다.

하지만 그 뒤로 또 다른 적들이 몰려오고 있었다.

"죽어라!"

가장 선두에 있던 병사가 고함을 치며 앞으로 달려 나갔다.

§ § §

'믿을 수가 없……'

크로한의 얼굴이 불신으로 가득찼다.

데리고 온 5천의 정예들이 이렇게 허무하게 무너질 거라고는 상상도 하지 못했다.

그뿐만이 아니다. 자신의 힘에 맞설 수 있는 자가 있다는 것도 믿을 수 없다.

마지막으로 그자가 인간의 영혼을 사용한다는 것 또한 말이 안 되었다.

전장은 순식간에 피로 물들었다.

양쪽을 합해 7천이 맞부딪친 전장에서 살아 움직이는 것은 겨우 4천이었다. 거의 절반의 병력이 죽어 나간 것이다.

문제는 그중 리카이엔 쪽의 손실은 겨우 2, 3백 명의 수준이라는 점, 써클루스 전사들이 2천 5백 이상 전사했다는 점이다.

'이대로는 승산이…….'

크로한은 냉정하게 상황을 살폈다.

믿을 수 없지만 어쨌든 눈앞에서 벌어진 현실이었다. 부정해 봐야 소용이 없다. 그렇다면 그만큼 현실적인 판단을 하는 것이 좋다.

계속 전투를 해 봐야 결과는 전멸밖에 없었다.

크로한 자신이 마음대로 움직일 수만 있었다면 혼자서도 충분히 쓸어 버렸겠지만 끈질기게 달라붙어 괴롭히는 리카이엔을 상대하는 것만으로도 벅찼다.

'일단은 물러선다!'

온몸이 피투성이가 된 크로한이 내린 결론이었다.

싸움이라는 것은 이렇게 서로를 마주보며 대결하는 방식만 있는 것이 아니었다. 일단 여기서 물러선다면 대륙 곳곳에 퍼져 있는 서클루스의 힘을 이용해 리카이엔을 제거할 수 있었다.

괜한 자존심을 따질 때가 아니었다.

결정을 내렸으면 빠르게 행동으로 옮겨야 하는 법. 더 이상의 망설임은 계속 손해만 불러올 뿐이었다.

퍼펑!

리카이엔 주변으로 수십 개의 폭음이 울려 퍼졌다.

"흥! 이따위!"

갑자기 사방이 붉게 변하면서 시야를 가렸지만, 리카이엔은 아무런 상관도 없다는 듯 똑바로 크로한을 향해 창을 내찔렀다.

"음!"

하지만 리카이엔의 철창일 후려친 것은 아무것도 없는 허공이었다.

리카이엔의 시선을 가린 순간, 크로한은 자신이 서 있던 자리에 생명력을 뭉쳐 놓고 뒤로 빠진 것이다.

그리고 리카이엔이 자신이 남겨 놓은 생명력을 후려치는 순간 또 다른 술법을 전개했다.

콰콰콰콰콰쾅!

지진이라도 난 것처럼 땅이 격하게 흔들렸다. 그리고 갑자기 땅 한 곳이 볼록하게 솟아오르더니, 화산이라도 터진 듯 검붉은 기운이 뿜어져 나왔다.

"흡!"

그것을 지켜보던 리카이엔이 깜짝 놀라 땅을 박차고 뛰어올랐다.

순간, 정점까지 솟아오른 검붉은 기운이 거센 폭발을 일으키며 사방으로 퍼져 나갔다.

"하아아아앗!"

뛰어 오른 리카이엔의 철창에서 시퍼런 기운이 뿜어져 나오며 하늘을 가득 뒤덮었다.

이 기운이 폭발해 사방으로 퍼지는 순간, 주변에 있는 병사들이 전멸할 것이라는 사실을 직감적으로 알아챘기 때문이다.

크로한은 간직하고 있던 생명력으로 땅속 깊숙이 묻혀 있던 사기를 격발시켜, 그것을 한데 뭉쳐 터트린 것이다.

콰르르르릉!

천둥 같은 소리가 하늘을 가득 뒤덮었다.

허공에서는 검붉은 기운과 푸른 기운이 서로를 밀어내며 힘 싸움을 벌이고 있었다.

"끄으으으윽!"

리카이엔이 이를 악물고 신음을 터트렸다.

그 기운이 너무 강렬해 온몸이 그대로 터져 버릴 것 같았다.

그 순간, 리카이엔의 귀에서 들려오는 앙칼진 외침.

"퇴각하라!"

써클루스에 있던 루디아의 외침이었다.

이 술법은 크로한이 생명력을 이용해 펼칠 수 있는 최대의 기술이었다.

그리고 이 기술을 쓰는 순간 크로한은 가지고 있던 힘을 모두 소진해 기절할 수밖에 없었다.

그 사실을 알고 있는 루디아였기에 이 기술이 터지는 순간 후퇴를 결정할 수 있었다. 물론, 크로한 역시 루디아가 그렇게 행동하리라는 걸 예상하고 한 일이었다.

쿠르르르릉!

여전히 하늘에서는 굉음이 울려 퍼졌다.

그 사이 써클루스는 차곡차곡 후퇴를 하고 있었다.

"크윽, 크아아아아앗!"

온몸의 힘을 모조리 뽑아낸 리카이엔이 그대로 창대를 휘둘렀다.

쿵, 쿠쿠쿠쿵!

소리가 변했다. 동시에 리카이엔이 휘두르는 창대를 따라 검붉은 기운의 방향이 틀어졌다.

"끄으으으윽!"

입으로 비명을 토해내는 동시에 폭풍처럼 밀려 올라오던 검붉은 기운의 방향이 바뀌었다.

휘두르는 철창의 방향을 따라 횡으로 틀어진 방향.

"꺼져!"

리카이엔이 버럭 소리를 지르며 철창을 완전히 휘둘렀다. 순간 완전히 옆으로 틀어진 검붉은 기운이 솟아오르던 방향을 틀어 커다란 포물선을 그렸다.

끝이 보이지 않을 정도로 날아간 검붉은 덩어리. 그리고 잠시 후.

꽈아아아아아앙!

육안으로 확인할 수조차 없을 정도로 멀리 내던져진 기

운의 폭음이 생생하게 귓전을 때렸다. 그리고 잠시 후 미친 듯이 날뛰는 지면.

"헉, 허어억!"

땅으로 내려선 리카이엔이 거칠게 어깨를 들썩이며 숨을 몰아쉬었다.

"괜찮아요?"

어느새 달려온 프리엘라가 급히 물었다.

겨우 호흡을 정돈한 리카이엔이 고개를 끄덕였다.

"물론, 괜찮지. 그리고……."

말끝을 흐리는 리카이엔의 입가에 묘한 미소가 매달렸다.

'허허, 이런 방법도 있군!'

힘으로 완전히 누르는 것이 어렵다고 생각한 순간, 리카이엔의 머릿속을 스친 것은 다름 아닌 혈하였다. 영혼의 기운을 운용해 혈하의 초식으로 운용한 것이다.

그 자체가 너무 강대해 혈하창을 사용할 생각은 해 본 적도 없었는데, 이런 식으로 사용하게 된 것이었다.

어느새 옆으로 다가온 카이스가 저 멀리 시선을 던지며 중얼거렸다.

"잘도 도망치는군!"

카이스의 시선 끝에는 황급히 후퇴하는 써클루스의 뒷모습이 보였다.

"뭐, 원래 이걸 예상했던 거잖아."

"크큭, 그렇기는 하지."

웃음을 흘리며 고개를 끄덕이는 카이스의 한 손에는 쌍코피를 흘리며 기절해 있는 로반의 멱살이 잡혀 있었다.

리카이엔이 철창을 거두며 나지막히 말했다.

"자, 그럼 우리도 되돌아가 볼까?"

## Chapter 9.

# 써클루스의 주인

최강의 전투 부대.

정복전쟁 당시 프로커스 백작군을 따라다니던 수식어였다. 그리고 크로한은 그 수식이 가지는 의미를 몸소 실감했다.

“살아 있는 것 자체를 후회하게 해 주마!”

크로한이 이를 바득바득 갈며 중얼거렸다.

뼈아픈 패배였다.

도무지 현실감이 없지만 사실이었다. 그가 데리고 나간 써클루스의 정예 5천은 리카이엔이 데리고 온 2천의 병력에 허무하게 무너졌다. 무려 절반 이상의 병력을 잃었으며 크로한 스스로도 리카이엔을 넘어서지 못한데다 써클루스의 2인자였던 로반까지 적의 수중에 잡혔다.

이대로 넘어간다면 크로한의 죽을 때까지 크로한의 자존

심에 상처로 남을 일이었다. 그런 일이 없으려면 리카이엔이라는 존재를 이 세상에서 지워 버려야 했다.

"후우!"

길게 한숨을 내쉰 크로한이 바들바들 떨며 머리를 숙이고 있는 루디아와 아론을 향해 말했다.

"전 대륙에 퍼져 있는 병력들을 모두 끌어모아라!"

머리를 숙이고 있던 루디아가 흠칫 어깨를 떨며 말했다.

"그, 그 말씀은… 각 영주들의 병력들까지 포함하라는 말씀이십니까?"

"언제부터 내 말이 그렇게 이해하기가 힘이 들었지?"

"그런 것이 아니라……."

"당장 움직이지 못하겠느냐!"

루디아가 두려움에 떠는 표정으로 힘겹게 말했다.

"마스터! 다, 다른 방법이 있습니다."

"다른 방법?"

"그 병력들을 모두 동원할 경우 앞으로 있을 우리의 계획에 큰 차질이 생길 수 있습니다. 하지만 그렇게 하지 않고도 처리할 수 있는 방법이 있습니다."

크로한은 자신도 생각하지 못한 다른 방법이 있다는 말이 마음에 들지는 않았지만, 일단은 들어볼 생각으로 고개를 끄덕였다.

"말해 보아라."

"제, 제가 아니라… 저에게 그런 말을 한 이가 있습니다."

"흐음, 그게 누구냐?"

"그렇지 않아도 불러들여 기다리라 했습니다. 안으로 들여도 되겠습니까?"

크로한이 고개를 끄덕이자 루디아가 문쪽을 향해 말했다.

"들어오라."

말이 떨어지기가 무섭게 문이 열리며 두 명의 사내가 들어왔다.

앞선 사람은 마랄이었고, 그 뒤에 한 사내가 깊숙이 눌러 쓴 후드로 얼굴을 가린 채 따라 들어왔다.

"마랄?"

루디아와 나란히 앉아 있던 아론이 마랄의 얼굴을 보고 고개를 갸웃거렸다.

그는 분명 로반의 심복이었는데, 어느새 루디아 밑으로 간 것 같아 놀란 것이다. 하지만 크로한 앞이었기에 긴 말을 하지 않았다.

크로한 역시 마랄을 알고 있었지만 신경을 쓰지는 않았다. 루디아가 말한 인물이 마랄일 거라고는 생각지 않았기 때문이다.

"감히 이곳에서 얼굴을 숨기고 들어오다니. 어서 얼굴을……."

대뜸 호통을 치던 크로한이 갑자기 말끝을 흐렸다. 그리고 의혹 가득한 얼굴로 무언가를 생각하는 듯하더니, 갑자기 경악한 목소리로 외쳤다.

"이, 이것은 혼향!"

얼마 전 리카이엔와 싸울 때 느꼈던 그 혼향이었다.

"설마 네놈은 리카이엔!"

깜짝 놀라 외치는 크로한 앞에서 사내가 천천히 후드를 벗었다.

"그렇지 않습니다."

후드를 벗은 사내는 다름 아닌 베르무크였다.

놀란 마음을 애써 진정시킨 크로한이 여전히 의혹이 가시지 않은 얼굴로 물었다.

"네놈, 설마 인도의 클리머스를 사용하는 것이더냐?"

"그렇습니다."

"그건 분명 없어졌을 텐데?"

크로한의 물음에 베르무크가 천천히, 아주 느리게 말했다.

"네 아비가, 내 조부를 살해한 후 없앴지. 아니, 없앴다고 생각했겠지."

"뭐, 지금 뭐라고 했느냐……."

분명 제대로 들었는데 너무나 어처구니없는 이야기이다 보니 현실감이 조금도 느껴지지 않는다. 하지만 몸은 아주 빠르게 반응하고 있었다.

쿠아아앙!

굉음과 함께 방안이 온통 붉은 빛에 휩싸였다.

하지만 베르무크는 이미 준비를 하고 있었다.

피이익!

뭔가 바람 빠지는 듯한 소리가 울리더니 크로한이 쏘아낸 붉은 기운이 연기처럼 꺼져 버렸다. 그 대신 밧줄처럼 크로한의 온몸을 꽁꽁 싸매고 있는 검은 빛줄기.

"끄으으으윽!"

크로한의 입에서 신음이 터져 나왔다.

묶은 채로 온몸을 쥐어짜듯 죄어 오는 검은 빛줄기에 정신이 아득해지는 기분이었다.

"내가 없는 동안 써클루스를 잘 유지해 줘서 고맙군."

베르무크가 경멸 어린 미소를 지으며 말했다.

그리고는 옆에 있는 루디아를 향해 천천히 고개를 끄덕였다.

"수고했다, 루디아."

"호호, 별말씀을요. 이제 써클루스의 지배자가 되신 것을 축하드립니다. 아니, 조금 있으면 대륙의 지배자가 되시겠군요!"

아득해지는 고통 속에서도 두 사람의 대화를 들은 크로한이 악에 받친 목소리로 외쳤다.

"루디아, 네년이 배신을!"

하지만 루디아는 더 이상 크로한에게 신경 쓰지 않았다. 단지 손 끝에 시뻘건 불꽃을 만들어 크로한 쪽으로 튕길 뿐이었다.

화르르르륵!

천천히 날아간 불꽃이 크로한의 온몸을 불태우기 시작했다.

"끄아아아아악!"

크로한의 입에서 끔찍한 비명이 터져 나왔다.

그 모습을 보는 루디아의 얼굴에 음침하면서도 싸늘한 미소가 번졌다.

"호호호, 산채로 불에 타 죽는 것이 가장 고통스러운 죽음이라고 들었던 거 같은데……."

"끄윽, 끅!"

터져 나오는 비명을 억지로 집어삼킨 크로한이 불에 타 들어 가면서도 형형한 눈빛으로 베르무크를 노려보았다.

"크흐흐흐, 겨우 나 하나 죽였다고 써클루스가 네 차지가 될 거라 생각하는 것이냐?"

"그건 네가 걱정할 일은 아니니 천천히 고통이나 음미해라."

베르무크는 상대할 가치고 없다는 듯 크로한의 말을 무시했다.

하지만 루디아에게는 아직 할 말이 남은 듯했다.

"그건 걱정 말아요. 베르무크 님을 따르지 않을 것 같은 녀석들은 지난 전투에 참전했었으니까."

"컥, 뭐라고!"

그러고 보니 써클루스의 정예들이 너무 허무하게 죽음을 맞이했다.

그런데 지금 보니 정예들을 데리고 온 것이 아니라, 크로한에게 충성을 바치는 이들만 데리고 온 모양이었다. 어쩐지 너무나 허무하게 무너진 거 같다는 생각을 했었는데 그런 이유가 있었던 것이다.

"크, 크크크크큭!"

온몸이 녹아내리고 있는 중에도 크로한은 웃음을 흘리고 있었다.

그야말로 놀라운 정신력. 하지만 그것은 그리 오래가지 않았다.

"크으윽, 크아아아아악!"

이내 단말마의 비명이 방 안 가득 메아리쳤다.

그렇게 산채로 불에 타 죽어 가는 크로한 외에 방 안에 볼일이 남아 있는 인물은 단 한 명, 아론뿐이었다.

금세 상황을 인지한 아론이 쭈뼛쭈뼛 뒷걸음질을 치며 힘겹게 입을 열었다.

"저, 저는……."

지금 이 자리에서 살아남기 위해서는 저쪽에 붙는 수밖에 없었다. 그렇게 판단한 아론이 조심스럽게 말했다.

"저, 저를 거두어 주십시… 끅!"

하지만 말을 채 끝내기도 전에 심장 어림에 화끈하면서도 싸늘한 통증이 파고들었다.

"너, 너……."

아론이 말을 잇지 못한 채, 자신의 심장에 단검을 밀어 넣은 마랄의 얼굴을 노려보았다.

마랄이 무표정한 얼굴로 말했다.

"당신 자리는 내 거라서 말이야."

쑤욱, 촤아아아악!

뽑혀 나온 단검. 그리고 격하게 뿜어져 나오는 붉은 핏줄기. 그 피를 흠뻑 뒤집어쓴 마랄이 베르무크를 향해 고개를 숙이며 말했다.

"모든 처리가 끝났습니다. 각 지부에 심어 놓은 수하들이 반대하는 자들을 이미 처리했을 것입니다. 조만간 보고가 들어올 테니, 좋은 술이라도 한 잔 하시면서 천천히 기다리시지요."

베르무크가 고개를 끄덕였다.

"수고가 많았다."

그렇게 써클루스의 주인은 너무나도 허무하게 바뀌었다.

§ § §

"이제부터가 진짜다."

대륙의 서부 해안을 따라 남하하는 상선 메일린호의 갑판. 리카이엔의 말에 카이스가 기분 좋은 듯 파안대소를 터트리며 말했다.

"크하하하, 그놈들 꽁지 빠지게 도망치는 꼴을 카론이 봤어야 되는 건데!"

"하하, 그랬으면 좋겠지만 제가 몸을 쓰는 건 젬병이라."

카론이 편안한 표정으로 웃으며 말했다.

리카이엔이 그런 카론의 어깨를 가볍게 두드렸다.

"이게 다 카론 덕분이야. 수고했어."

"허허, 제가 한 일이라고 해 봐야 사람을 모으는 것밖에 없었는데요, 뭘."

"그 '사람들' 덕분에 일이 풀린 것이니까."

정확하게 말하면 이번 전투의 가장 큰 수훈감은 다름 아닌 블리젠 순록들이었다. 아무리 훌륭한 명마라 해도 설원에서의 순록들을 이길 수는 없었다. 그리고 그 블리젠 순록을 기병으로 운용한 것이 승패의 큰 갈림길이 되었던 것이다. 상대 기병의 숫자가 무려 4배라는 열세에도 불구하고 말이다.

그리고 그 블리젠 순록들을 길들이기 위해서는 블리젠

부족민들이 있어야 했는데, 카론이 그 일을 했던 것이다.

어색한 웃음을 짓던 카론이 농담처럼 말했다.

"그러고 보니 은근히 제국도 숨은 수훈감이로군요."

"흐음, 그렇게 되나?"

리카이엔이 피식 웃으며 고개를 끄덕였다.

이번 일에 알게 모르게 제국의 도움이 꽤 컸던 것이다.

야생의 블리젠 순록을 길들이는 일은, 오직 블리젠 부족만이 할 수 있는 일이었다. 즉, 돈보다는 사람을 모아야만 가능한 일이었다.

그런데 그게 쉬운 일이 아니었다.

블리젠 부족 연합을 정복한 제국이 블리젠 부족민들을 죄다 노예로 만들어 버렸기 때문이다.

제국에게 있어 블리젠 부족민들은 다른 왕국과는 달리 단순히 미개한 야만인에 불과했고 오랜 세월 제국 북부 지방을 괴롭힌 죄가 컸기 때문에 그렇게 처리한 것이다.

그랬기에 북부 설원에는 순록은 많아졌는데, 정작 그 순록을 길들일 블리젠 부족민들이 없었다.

블리젠 부족민들은 모두가 제국 소유의 노예가 되었기에 외부에서의 매매가 불가능했다. 하지만 상인들이 돈으로 살 수 없는 것은 거의 없다.

카론은 뒷거래를 통해 백여 명의 블리젠 부족민들을 데리고 왔다. 그리고 그들에게 지금까지의 일을 설명한 후 순록들을 길들여 달라고 부탁한 것이다.

그렇게 해서 만들어진 것이 바로 5백의 순록 기마병이었던 것이다.

리카이엔이 갑판 바닥에서 일어나 난간 너머로 보이는 내륙으로 시선을 던지며 말했다.

"지금쯤 그놈이 써클루스 권력을 잡았겠지?"

"그랬겠지. 안 그러면 우리가 일부러 놈들을 놔준 보람이 없잖아."

전투 당시, 후퇴하는 써클루스 병력들의 뒤를 쫓지 않은 것은 분명 고의였다.

리카이엔과 카이스, 조엘은 지금의 싸움을 획책한 놈의 진짜 목적은 써클루스의 실권이라고 예상을 했다. 싸움을 통해 써클루스의 힘이 약해진 틈을 타 자신이 써클루스의 주인이 되려는 의도로 본 것이다.

그리고 리카이엔의 진짜 목적은 바로 그놈이었다.

그리고 그러기 위해서는 어떻게든 놈이 전면에 나서야 했다. 그래서 생각한 방법이 놈의 애초 목적을 실행시킬 수 있도록 조건을 만들어 주는 것이다. 써클루스의 실권을 장악하게 되면 아무리 싫어도 전면에 나설 수밖에 없다고 판단한 것이다.

"그렇다면 이제부터가 진짜 싸움이라는 말이기도 하겠군."

"그런데… 그놈이 만약 우리가 생각한 대로 안 움직이면 어떡하지?"

"그랬으면 그 자식이 지금까지 한 짓도 헛수고지."

"아니면, 그놈이 써클루스의 실권을 장악하는데 실패했다거나."

"크크큭, 그러면 우리는 닭 쫓다가 지붕 쳐다보는 개 꼴이지. 별것도 아닌 놈한테 휘둘린 꼴이니 천하에 없는 바보이기도 하고."

"그래도 써클루스하고는 붙어야 되잖아."

카이스의 말에 리카이엔이 자신감 넘치는 표정으로 고개를 끄덕였다.

"그놈들의 결과가 어찌 됐든 우리는 놈들이랑 붙을 준비를 해 놨잖아."

"흐흐, 그랬지."

"그러니 일단은 돌아갈 생각이나 하자."

"알았다."

그때 혼자 곰곰이 딴 생각을 하고 있던 카론이 조심스레 말했다.

"그런데 리카이엔 님."

"응?"

"그 칼비온이라는 사람에 대해 물어봐도 되겠습니까?"

"뭐가 궁금한데?"

"으음… 제가 하는 일이 상인이다 보니 여기저기 떠돌면서 참 많은 이야기를 주워들었거든요. 그런데 그중에 어떤 해적의 이야기가 있었습니다."

카론의 말에 카이스가 바짝 다가와 앉아 귀를 기울였다. 그 역시 칼비온의 정체가 궁금했던 것이다.

"꽤 오래전의 일인데… 빈민들 사이에서는 영웅으로 불리던 해적이 있었습니다. 수탈이 심한 포악한 영주들의 배를 털어서 가난한 사람들에게 나눠 주었다더군요."

"오오, 그거 꽤 멋있는 놈이잖아! 응? 근데 갑자기 그 얘기를 꺼내는 게 설마 칼비온이……."

카론이 고개를 끄덕이며 말했다.

"예, 혹시 칼비온이 그 해적이 아닌가 해서 말입니다. 지금은 나이를 먹었지만, 당시에 사람들 사이에서 회자되던 그 해적의 생김새와 비슷한 것 같더군요."

말을 끝낸 카론이 대답을 원하는 표정으로 리카이엔을 보았다.

그리고 리카이엔이 아무 일도 아니라는 듯 시원스럽게 고개를 끄덕였다.

"맞다. 그 해적이 바로 칼비온이다."

"어디서 그를 찾으신 겁니까?"

"뭐… 어떤 동굴에서."

애매한 리카이엔의 대답에 카이스가 답답한 표정으로 물

었다.

"동굴? 뭔 소리야?"

"으음, 뭐 흔히 들을 수 있는 미담이야. 노략질을 당했던 영주들이 모두 함께 공표를 했거든."

"공표?"

"그래. 제 발로 찾아오면 죽이지는 않겠다. 대신, 한 달 안에 찾아오지 않으면 칼비온에게 도움을 받았던 빈민들을 해적과 공범으로 사형시키겠다고 말했거든."

"허어, 그래서 칼비온이 자진해서 잡혀 들어갔다고?"

"그래. 뭐, 흔히 떠돌아 다니는 미담이잖아?"

리카이엔이 아무렇지도 않은 듯 하는 말에 카이스가 세차게 고개를 저었다.

"전혀 안 흔하다! 뭐, 아무튼 다시 봐야겠네?"

카론이 고개를 끄덕이며 말을 받았다.

"저도 그 미담까지는 들었습니다. 아무튼 그렇기 때문에 바다에 대해 그렇게 박식했던 거군요?"

말을 하던 카론이 갑자기 생각난 듯 물었다.

"거? 그런데 어디에서 그를 찾아 어떻게 구해 오신 겁니까? 소문에 의하면 바로 교수형을 당했다고 하던데요?"

"영주들도 그렇게는 못했어. 당시 놈을 잡았을 때 민심이 흉흉했거든. 그렇지 않아도 수탈이 심해 흉흉하던 차에 칼비온까지 잡아들이니 더욱 심했지. 거기서 놈을 죽였으면 폭동이라도 일어날 분위기였단 말이야."

카이스가 고개를 갸웃거리며 물었다.

"허허, 그런 영주들이 폭동을 걱정해?"

"칼비온을 잡았을 때, 성 주위로 몰려온 영지민들만 해도 거의 수십만이라는 소문이 돌 정도였다. 그 모든 사람들이 살기등등한 표정으로 노려본다면 아무리 귀족이라고 해도 오줌 찔끔 지릴 만하지."

"크크크크, 그랬군. 그래서 그 영주들이 그냥 칼비온을 가두기만 했던 거냐?"

"가뒀지. 칼비온이 이끌던 해적들과 함께 외딴 무인도에 밀어 넣어 버렸지. 해류가 이상해서 뗏목 같은 걸로는 절대 빠져나올 수 없는 무인도로."

"허허허허, 그 영주들도 참 독하네."

하지만 카론이 궁금한 건 다른 것이었다.

"칼비온을 가둔 무인도의 위치는 절대적인 기밀이었을 텐데 어떻게 아신 거죠?"

"응? 그거야 뭐 다 방법이 있지. 세상에 비밀이 어디 있어?"

리카이엔이 아무일도 아니라는 듯 가볍게 손을 흔들었다.

하지만 카론은 그 말을 믿을 수가 없었다. 리카이엔이 자신을 찾아왔을 때 처음으로 했던 말을 그는 아직도 잊을 수가 없었다.

'대륙 모든 상인들을 상대로 고리대금업을 하는 게 꿈이랬지? 그럴 마음의 준비가 됐나?'

누구에게도 한 적이 없는 말이었다. 죽은 친우에게만 했던 말. 악랄한 상인들에게 복수하자며 나누었던 이야기. 리카이엔이 그 이야기를 알고 있었던 것이다.

사실 칼비온에 대해 물어본 것도 그런 이유였다. 칼비온에 관한 이야기를 들으면, 자신의 이야기를 알게 된 방법도 알 수 있지 않을까 해서.

하지만 리카이엔은 절대 그것만은 이야기하지 않을 모양이었다.

아니, 사실은 할 수가 없었다. 내가 원래는 중원의 백호였던 장윤명이고, 리카이엔의 몸에 들어와 살고 있으며, 원래의 리카이엔은 영혼을 불러다가 이야기를 할 수 있었는데 그 리카이엔이 데리고 올 인재로 너희들을 점찍어 놓고 있었다는 이야기를 제정신이라면 믿어 줄 사람이 있겠는가.

그러니 그저 웃으며 얼버무릴 수밖에.

"자, 어서 가자. 그놈의 자식 흠씬 두들겨 줘야 속이 시원해질 것 같다."

"크흐흐흐, 한 번 해 봐라. 속이 다 후련하다!"

카이스가 제 가슴을 탕탕 두드리며 말했다.

그 모습에 리카이엔이 씨익 웃으며 물었다.

"몇 번 남았냐?"

"응? 이제 백 번 했으니, 앞으로 구백 번 남았네. 나머지 구백 번은 아네스랑 같이 들을까 싶다."

로반을 사로잡아 온 카이스는 정말로 자신이 했던 말을 실천하고 있었다. 그리고 정말로 로반에게 잘못했다는 말을 천 번 들을 생각인 모양이었다.

"아네스… 그론스트 백작 부인께서 좋아하시려나?"

"우후후, 아네스하고 나하고 정확하게 의견이 일치하는 게 하나 있거든."

"뭔데?"

"은혜와 원한은 반드시 갚을 것."

"그래, 알았다. 꼭 천 번 채워라."

§ § §

"제국 내에서의 진척 상황은?"

베르무크의 물음에 마랄이 힘있는 목소리로 대답했다.

"예, 지금 당장이라도 시작할 수 있습니다."

"문제는 없나?"

"아론이 남겨 놓은 자료에 의하면 황제가 이전과는 다르게 난잡한 생활을 하고 있다고는 합니다만, 아직까지 특별히 밝혀진 것은 없습니다. 이대로 진행해도 문제는 없을 거라 판단됩니다."

"흐음, 아직까지 황제의 의도는 파악하지 못한 모양이군."

베르무크 역시 남겨져 있던 자료를 훑어보았기에 대략의 상황은 파악하고 있었다.

"그렇습니다. 하지만 황제의 침실로 들어가는 여자들을 한 명도 빠짐 없이 뒷조사를 했지만, 특별히 밝혀진 것이 없습니다. 그리고 황제 역시 낮 시간 동안 누군가와 접선이 있거나 하지 않습니다. 최근에는 황혼의 기사단조차 멀리하는 걸로 보입니다."

"단순한 타락이라고 보느냐?"

"타락이라고 보기에는 무리가 있는 걸로 보입니다. 제대로 정사를 보는 것만 봐도 황제의 상태는 정상에 가깝습니다. 그런 식의 난잡한 생활을 하는 것은 단순히 보여 주기가 아닐까 추측하고 있습니다."

"그런데도 문제가 없다고 판단한 이유는?"

"아직까지는 준비하는 단계가 아닐까 싶습니다. 크리온테스 황제가 그 준비를 마치기 전에 우리가 먼저 움직인다면 상관이 없을 것 같습니다."

"그럴 수도 있겠군."

확신할 수는 없지만 가능성이 없는 것도 아니다. 그리고 제대로 파악이 안 될 경우에는 일단 일을 터트려 보는 것도 한 가지 방법이다.

베르무크의 시선이 루디아에게로 향했다.

"브렌 왕국 쪽 사정은? 폴덴바인 백작의 움직임이 심상찮다고 하는 것 같던데?"

"그것이… 최근 들어 갑자기 조용해졌습니다."

"음?"

"정확하게는 프로커스 백작과 접선이 있은 후부터 모든 움직임을 멈추고 있습니다."

베르무크가 쓴웃음을 지어 보였다.

원래의 계획대로라면 리카이엔은 벌써 죽었어야 했다. 종적을 감추었던 1년 전 그때 써클루스와 싸운 후에 죽는 것이 정상이었다. 하지만 그런 계획을 죄다 비틀어 버린 것은 물론, 크로한을 물리치고도 멀쩡하게 살아남았다.

그리고 이제는 대륙의 절반인 브렌 왕국의 흐름에 영향을 끼치고 있었다.

단순히 이용하고 없애 버려야 할 놈이 이렇게까지 앞을 막을 줄은 생각지도 못했다. 하지만 내려야 할 결론은 아주 단순하다. 거치적거린다면 없애 버리면 그만이었다.

"폴덴바인 백작을 주시해라. 조만간 프로커스 그놈과 만날 것이다. 그때가 되면 놈들의 의도를 잘 알 수 있겠지."

"예, 알겠습니다."

당차게 대답하는 마랄에게서 시선을 돌린 베르무크가 마지막으로 바록을 향해 말했다.

"기존에 세워져 있던 계획을 검토한 후 이상이 없다면 제국을 먼저 차지한다."

"예!"

"바록, 네가 모든 것을 총괄하고 최종적으로 보고하도록."

"맡겨 주십시오!"

길게 이야기할 내용이 없었다. 현재의 상황을 확인하고, 이전부터 준비해 놓았던 일을 실행하는 것뿐이었다. 그렇게 짧은 회의가 끝나려는데 곰곰이 생각에 잠겨 있던 루디아가 나섰다.

"브렌 왕국에 관해 드릴 말씀이 있습니다."

"음?"

"외람된 말씀일지도 모르겠습니다만……."

조심스러운 표정으로 말하는 루디아에게 베르무크가 편안하게 고개를 끄덕였다.

"할 말이 있다면 해 보아라."

"예, 인정하기는 힘들지만 현재 우리의 일에 가장 큰 걸림돌은 프로커스 백작과 그가 데리고 있는 세력들입니다."

과거의 크로한이었다면 불같이 화를 냈을 일이다. 겨우 일개 백작 때문에 거대한 계획에 차질이 빚어진다는 것 자체가 자존심 상하는 일이기 때문이다.

하지만 베르무크는 오만한 성격이기는 하지만 그만큼 냉

정한 면도 가지고 있었다. 그리고 루디아가 한 말은 분명한 사실이었다.

"그렇지."

"그렇다면 그의 움직임을 사전에 막아 놓는 것이 좋지 않을까 생각합니다."

"흐음, 그 말뜻은?"

"프로커스 백작의 수하인 루딜이 폴덴바인 백작을 만난 후, 폴덴바인 백작은 지금까지의 움직임을 일단 멈추었습니다. 이는 폴덴바인 백작에게 프로커스 백작이 큰 영향력을 가지고 있다는 뜻입니다."

가만히 듣고 있던 바록이 고개를 갸웃거리며 끼어들었다.

"폴덴바인 백작에게 프로커스 백작의 영향력이 상당하다고 해도, 그걸 통해 프로커스 백작을 막을 수는 없는 일이 아닌가?"

"그렇게 볼 수도 있지만, 한 가지 간과한 것이 있습니다."

"간과한 것?"

"무려 1년 간 잠적을 했던 프로커스 백작입니다. 그런 그가 잠적을 풀고 다시 움직이기 시작하면서 접촉을 한 사람은 폴덴바인 백작이 유일하다는 것입니다."

"음?"

"물론, 우리의 눈에 띄지 않은 일이 있었을 가능성도 있습니다만 어쨌든 현재로써 파악된 사람은 폴덴바인 백작밖에 없습니다."

베르무크가 흥미가 동한 표정으로 고개를 끄덕였다.

"그래서?"

"그렇다면 역으로 생각해 볼 수도 있다는 말입니다. 프로커스 백작에게도 폴덴바인 백작, 그리고 브렌 왕국은 아주 중요한 의미가 있다는 식으로 말입니다. 저는 폴덴바인 백작이 갑자기 행동을 멈춘 이유에는 그런 이해관계가 있지 않을까 생각하는 겁니다."

"폴덴바인 백작, 크게는 브렌 왕국이 프로커스 그놈이 숨겨 놓은 힘이라고 볼 수도 있다는 말이더냐?"

"그렇습니다. 프로커스 백작의 지금까지의 행동을 보건데, 그는 우리의 저력이나 장악력을 알고 있습니다. 즉, 제대로 움직이기 시작한다면 대륙의 절반의 힘을 상대해야 된다는 사실을 알고 있을 것입니다. 그런 프로커스 백작이 겨우 2천의 병력으로 우리와 싸우려고 생각하지는 않을 거라는 말입니다."

가능성이 있는 일이다. 두 배, 세 배 정도의 병력 차이는 전술과 사기, 훈련으로 어떻게든 이기려고 하면 이길 수도 있다. 하지만 대륙의 절반이다. 겨우 '몇 배'라는 정도로 비교할 수 있는 차이가 아니다.

그런 세력을 상대하는데 겨우 2천의 병력으로 덤빈다는

건 말이 안 되는 일이었다.

"흐음, 폴덴바인 백작이 프로커스 그놈이 숨겨 놓은 힘의 주도권을 쥐고 있다는 뜻이라면……."

말끝을 흐리는 베르무크를 향해 루디아가 미소를 지으며 답했다.

"폴덴바인 백작을 요리하면 생각보다 쉽게 프로커스 백작을 잡을 가능성도 있다는 말이지요."

"후후, 괜찮은 생각이구나. 당장 실행에 옮겨라!"

"예!"

"바록 역시 나가는 즉시 계획을 실행에 옮기도록!"

"알겠습니다!"

§ § §

"오랜만이군!"

리카이엔의 대답에 아담한 체구의 여자가 싱긋 웃으며 고개를 숙였다.

"1년 만이니 참 오래되었죠. 소식은 들었어요. 제대로 한 방 먹여 줬다면서요?"

지난 1년 동안 대륙 곳곳을 누비고 다니며 리카이엔의 조력자를 찾아다니던 엘리샤였다.

"뭐, 정해진 수순이지."

"그래도 대단해요. 그 정도가 될 줄은 생각지도 못했거든요. 아, 그론스트 백작님도 별일은 없으셨나요?"

엘리샤가 리카이엔 뒤에 서 있는 카이스에게도 인사를 건넸다.

그러자 카이스가 갑자기 기묘한 웃음을 흘리며 말했다.

"으허허허, 엘리샤도 이제 많이 컸네? 시집가도 되겠어!"

엘리샤의 동안에 작은 키를 두고 놀린 것이다.

그 말에 엘리샤가 새침하게 웃으며 말했다.

"안 그래도 그러려고 생각하고 있어요."

"뭐? 진짜야? 와아~ 이거 축하해야겠는데? 그래 어디 마음에 드는 늑대라도 한 마리?"

"어머! 아직도 제 맘을 모르세요? 그론스트 백작님, 너무하시네요. 이렇게 여자 맘을 몰라 주시다니!"

"어허허, 미안하지만 난 이미 결혼을 했다네."

"저는 후처도 괜찮아요! 아니면 뭐 따로 집이라도 하나 구해 주시면 거기서 지내죠, 뭐."

"헙! 그, 그게… 그건 좀……. 하아~ 졌다. 미안."

결국 카이스가 항복을 선언하고 리카이엔이 피식 웃으며 마무리를 했다.

"그러게 왜 본전도 못 찾을 걸 덤비냐?"

"쩝, 장난 좀 친 걸 가지고……."

리카이엔이 카이스에게 시선을 돌려 엘리샤에게 물었다.

"그래서 여기까지 오라고 한 이유가 뭐야? 나도 그렇고 너도 여기는 상당히 위험한 곳인데?"

황금홀 사건으로 인해 크리온테스 황제는 눈에 불을 켜고 리카이엔을 찾고 있었다.

리카이엔의 정체를 알지는 못했지만 엘리샤는 확실히 알고 있었다. 그런데 제국의 수도에서 만나자고 하니 걱정이 되는 것이다.

"후후, 꼭 만나셔야 하는 사람이 있어서 말이죠."

"그러지 않아도 기다리고 있었어. 뒤에 있는 게 누군지는 모르지만 일단 얼굴부터 보자고."

"네."

엘리샤가 고개를 끄덕이며 슬쩍 옆으로 비켜났다. 그리고 엘리샤의 뒤쪽에서 그림자 하나가 천천히 다가왔다.

"오랜만이군."

"음!"

목소리를 듣는 순간 리카이엔의 표정이 흠칫 굳었다. 그러는 사이 밝은 곳으로 나온 그림자의 사내.

가장 먼저 눈에 들어온 것은 타는 듯한 붉은 머리카락.

사내의 모습을 본 카이스가 뭔가 떠오르는 것이 있는 듯 리카이엔에게 속삭였다.

"야, 설마 저 남자……."

리카이엔이 카이스에게 시선을 주지 않은 채, 사내를 향해 미소를 지으며 말했다.

"여어~ 오랜만이야, 황제 아저씨."

"흥, 그 호칭은 언제 들어도 기분이 나쁘군!"

사내는 다름 아닌 그로니스 제국의 주인, 크리온테스 황제였다.

"크흐흐, 어쩔 수 없지. 그래, 무슨 볼일이야? 나한테는 원한 말고는 없을 것 같은데?"

"전혀 마음에 들지는 않지만, 상황이 급하니 어쩔 수 없더군."

"크흐흐, 그러셨나? 뭐, 아무튼 앉아. 좀 누추하지만."

리카이엔의 계속된 반말에 황제는 상당히 기분이 상한 표정이었으나, 아무 말하지 않고 자리에 앉았다. 지금은 그런 걸 신경 쓸 때가 아니라는 걸 알고 있기 때문이다.

"그래, 얼마나 상황이 급하기에 찢어 죽이고 싶은 날 찾아왔을까?"

"네놈에 대한 원한은 아직 없어지지 않았으니 항상 긴장하고 있는 게 좋을 거다."

"그거야 당신 마음이지만, 나도 뭐 수틀리면 당신이랑 얘기 안 하면 그만이니 알아서 생각해. 그러니 어서 본론이나 얘기해 보자고."

"무슨 일인지는 너도 잘 알 거다. 써클루스 놈들에 관한 일이니까."

"뭐, 그럴 거라 짐작은 했소. 어쩌다가 황제씩이나 되시는 분이 놈들한테 그렇게 이용을 당했는지 모르겠지만."

리카이엔은 말끝마다 황제의 신경을 건드리는 말을 고의로 섞었다.

황제가 이 자리에 온 이유는 손을 잡기 위해서 일 것이고, 그렇다면 얼마나 그런 마음의 준비를 하고 있는지 확인할 필요가 있었던 것이다.

과거에는 절대 참지 못했던 말을 참고 누른다면 황제의 상황이 그만큼 급박하다는 뜻이다. 그렇다면 일단 손을 잡는 것도 나쁘지 않다. 물론, 일이 끝난 후에 어떤 행동을 할지는 알 수 없지만, 그 일은 차분하게 준비하면 될 일.

지금 상황에서 황제가 가진 힘은 리카이엔에게 상당히 큰 도움이 될 것이 분명했다.

"놈들의 의도 정도는 이미 파악하고 있었다. 문제는 놈들의 규모가 내 예상을 훨씬 뛰어넘는다는 거지."

"역시나 그랬군. 안 그래도 좀 이상했어. 당신 정도 되는 사람이 놈들의 시커먼 속도 모른 채 이용당하지는 않을 텐데 싶어서 말이야."

"아무튼 크로한 그놈……."

리카이엔이 황제의 말을 끊고 들어갔다.

"아마 지금쯤 써클루스의 주인이 바뀌었을 거요."

"아아, 그렇군."

황제가 금세 수긍하는 듯 고개를 끄덕였다.

아마 엘리샤가 그간의 사정을 설명한 모양이었다.

"내가 볼 때 놈들이 우선적으로 노릴 곳은 제국인 것 같은데?"

"내가 봐도 그렇다."

"시간도 얼마 없을 것 같으니, 우리도 서두르는 게 좋겠지? 뭐, 더 이야기를 할 필요도 없으니 이쯤에서 같이 일하는 걸로 하지?"

"네놈처럼 마음에 안 드는 놈과 손을 잡는 날이 올 줄은 몰랐다만, 지금은 어쩔 수 없지."

"크크, 나도 내가 이럴 줄은 몰랐어."

〈『철혈백작 리카이엔』 제9권에서 계속〉

# 철혈백작 리카이엔

1판 1쇄 찍음 2011년 1월 5일
1판 1쇄 펴냄 2011년 1월 7일

지은이 | 윤지겸
펴낸이 | 정 필
펴낸곳 | 도서출판 **뿔미디어**

기획 | 이주현, 한성재
편집책임 | 심재영
편집 | 장상수, 이재권, 조주영, 주종숙, 이진선
관리, 영업 | 김미영

본문, 표지 인쇄 | 광문인쇄소
제본 | 성보제책사

출판등록 | 2002년 9월 11일 (제1081-1-132호)
주소 | 부천시 원미구 상3동 533-3 아트프라자 503호 (우)420-861
전화 | 032)651-6513 / 팩스 032)651-6094
E-mail | BBULMEDIA@paran.com
홈페이지 | www.bbulmedia.com

**값 8,000원**

ISBN 978-89-6359-832-1 04810
ISBN 978-89-6359-298-5 04810 (세트)
※파본은 본사나 구입하신 서점에서 교환하여 드립니다.

BBULMEDIA

http://www.bbulmedia.com